# 核力赋能美丽乡村

## 中国核电助力乡村振兴纪实

中国核能电力股份有限公司 ◎ 编

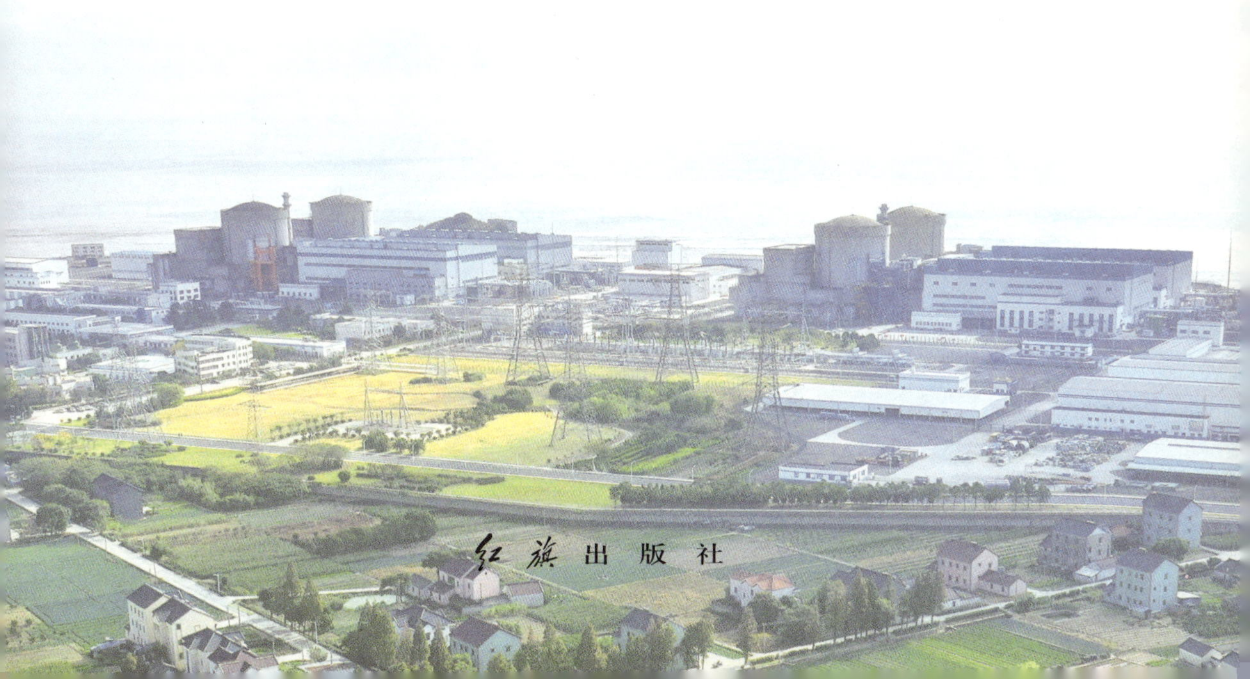

红旗出版社

图书在版编目（CIP）数据

核力赋能美丽乡村：中国核电助力乡村振兴纪实 / 中国核能电力股份有限公司编 . -- 北京：红旗出版社，2024.9

ISBN 978-7-5051-5410-0

Ⅰ.①核… Ⅱ.①中… Ⅲ.①纪实文学—中国—当代 Ⅳ.① I25

中国国家版本馆 CIP 数据核字（2024）第 062796 号

| 书　　名 | 核力赋能美丽乡村——中国核电助力乡村振兴纪实 |||
|---|---|---|---|
| 编　　者 | 中国核能电力股份有限公司 |||
| 责任编辑 | 刘云霞 | 责任印务 | 金　硕 |
| 责任校对 | 吕丹妮 | 特约编辑 | 王晓艳 |
| 出版发行 | 红旗出版社 |||
| 地　　址 | 北京市沙滩北街2号 | 邮政编码 | 100727 |
| | 杭州市体育场路178号 | 邮政编码 | 310039 |
| 编辑部 | 0571-85310806 | 发行部 | 0571-85311330 |
| E - mail | 498416431@qq.com |||
| 法律顾问 | 北京盈科（杭州）律师事务所　钱　航　董　晓 |||
| 图文排版 | 浙江新华图文制作有限公司 |||
| 印　　刷 | 浙江海虹彩色印务有限公司 |||
| 开　　本 | 710 毫米 ×1000 毫米　1/16 |||
| 字　　数 | 214 千字 | 印　张 | 15.25 |
| 版　　次 | 2024 年 9 月第 1 版 | 印　次 | 2024 年 9 月第 1 次印刷 |
| ISBN 978-7-5051-5410-0 | | 定　价 | 78.00 元 |

主　编：卢铁忠
副主编：邹正宇　张国华

**编委会**

主　任：许　佳
成　员：王伊迪　李旭宁　陈　刚　成　利
　　　　项京峰　尚大俭　马　静　张平华
　　　　曾海龙　王　第　应　伟　张开顺

山为伴，海共栖，当绿色核能在万里山河上涂抹亮色时，核力赋能乡村振兴的故事同样在青山绿水间回响。

# 目　录

## 第一章　核力赋能，大企担当

**中国核电｜为乡村振兴注入源源不竭的核动力｜002**

"征尘未洗再出发，策马扬鞭更奋蹄。"中国核电"核"力同心，尽锐出战，积极、全面推进党中央有关乡村振兴的重大战略部署，为乡村振兴注入源源不竭的核动力。

**秦山核电｜赓续国之光荣传统，多举措助力乡村振兴｜015**

秦山核电始终坚持以党建为引领，"扶志"和"扶智"并举，"输血"和"造血"并进，统筹谋划，科学实施，助力乡村振兴发展。

**江苏核电｜二十余载倾情帮扶，"连核"一心乡村振兴｜022**

江苏核电从产业、人才、文化、生态、组织5个方面全盘发力，高标准、高质量、高成效推进乡村振兴帮扶工作。

**福清核电｜铸"国之重器"，助乡村振兴｜029**

福清核电深入学习贯彻党中央关于乡村振兴重大战略部署，积极践行，始终将学习贯彻习近平总书记重要讲话和重要指示批示精神作为"第一议题"。

**海南核电｜从海南自贸港到乡村振兴：核能绘就新图景｜037**

海南核电持续推进帮扶村发展和群众生活改善，激发内生动力，强化民生兜底，推动巩固拓展脱贫攻坚成果取得新成效、乡村振兴工作迈上新台阶。

### 三门核电 | "核我一家"，绘就乡村振兴新蓝图 | 044

三门核电以"党建联建/企地共建+消费就业帮扶+低收入户兜底+零碳产业共富"为指导，3年间助力三核村集体经济收入突破100万元，增长4倍，全村农民人均纯收入突破3万元，居三门县前列。

### 中核汇能 | 打造"产业引领+战略合作"的新能源特色产业帮扶模式 | 053

中核汇能坚持绿色发展理念，把大力发展"风光电储"等清洁能源产业作为助力地区发展产业的重要突破口，创新打造"产业引领+战略合作"的新能源特色产业帮扶模式，推动产业兴旺发达、农民富裕富足迈出坚实步伐。

### 漳州能源 | "核"力谱写乡村振兴及定点帮扶新篇章 | 060

漳州能源坚定不移在规划引领、合力推动、系统治理、技术创新、改革赋能、要素保障等方面求变出新，形成了系列经验，巩固了脱贫成果，为全面推进福建乡村振兴及定点帮扶贡献"漳州方案"。

### 辽宁核电 | 党建引领唱响乡村振兴"五部曲" | 066

辽宁核电坚持以党建引领夯实组织基础，全面唱响组织建设、产业发展、基础设施、文化建设、为民服务"五部曲"，助力孙柏屯村、朱家村2个帮扶村振兴发展，两地呈现出一派欣欣向荣的景象。

### 霞浦核电 | 奋力拼搏谋幸福，聚力发展促振兴 | 075

霞浦核电积极搭建多层次、多维度、多渠道的乡村振兴工作体系，鼓励、引导参研参建单位共同参与扶贫帮困和乡村振兴工作，注重政策、资金扶持与激发内生动力、打造长效"造血"功能相结合。

## 第二章  核力奉献，干群情深

### 方 旭 | 决不做"流水的兵" | 086

俗话说"铁打的营盘，流水的兵"。乡村是铁打的营盘，驻村干部却不能是流水的兵。"我这个驻村'第一书记'，以及我们这一届驻村队员，决不做'流水的兵'！"

## 桂馨宇 | 结"秦进"之好,谱共富之曲 | 096

自 2021 年派驻进士村以来,桂馨宇就不停地思考:在这片高山热土上,该用怎样的方式讲好共同富裕的故事,演绎乡村振兴发展的脉动,让村民真真切切地感受到省派第一书记带来的变化。

## 陈冬雷 | "瓜贩书记" | 102

一进村,陈冬雷就到田间地头和村民家中走访摸排、交流沟通,了解村民所需所想,用 4 个月时间走遍全村。他经常和村"两委"班子成员讨论致富发展的方法,快速融入新岗位、新角色。

## 何 阳 | 助学助教在路上 | 108

何阳与地方政府同当地村民风雨同舟,在帮扶和助学路上共同努力,让更多需要帮助的村民感受到社会大家庭的温暖,同时也进一步提升了中核集团与福清核电的社会美誉度。

## 岳琼国 | 从纸上变为实景:乙洞村的美丽乡村变奏曲 | 113

新春伊始,正是阖家团聚之际,岳琼国却收拾行李告别家人,加入"逆行者"的行列,只身赶赴乙洞村,到村便迅速投入工作。

## 李宜君 | 带领村民把一片"荒"变成满眼"绿" | 118

乙洞村从贫瘠山村变成富饶黎村,从脏乱差乡村变成美丽乡村的背后,离不开海南核电多年的帮扶。来自海南核电的一批又一批驻村干部扎根村子,为乡村振兴谋出路。

## 成思新 | 同心同德谋振兴 | 125

从得知要挂职旱天岭村帮扶那天起,成思新就开始了各方面的工作准备,学习中央关于乡村振兴、农村工作的文件精神,学习中央关于帮扶工作的要求,查阅旱天岭村的具体情况和资源禀赋,思考如何开展工作。

## 马建国 | 脱贫攻坚战:人生的光辉时刻 | 131

"不管多难,也要拔掉穷根子,让老百姓过上好日子。"2017 年 4 月,受中核集团任命,马建国来到同心县挂职河西镇镇长助理、驻旱天岭村第一书记,成为战斗在脱贫攻坚一线的一名驻村干部。

### 林达三 | 迎难而上奋拼搏，凝心聚力谋新篇 | 135

"驻村工作任重道远，永远没有终点。唯有脚踏实地，把扶贫扛在肩上，切实帮助村民解决存在的问题，才能无愧于心。"

### 钟德建 | 心驻黄田村，聚力谋振兴 | 143

他深入基层，到每家每户嘘寒问暖，围绕群众关心的问题，与村民、党员干部、行业代表深入交流，广泛听取大家的意见。"核电钟书记"用最短的时间了解到黄田村每家每户的情况，日夜奔波争取资金，只为让村民们过上好日子。

### 裴海永 | "核"力驻村，实干助村 | 152

裴海永牢牢扎根驻村工作一线，带领村党支部夯实党建基础、促进产业发展、巩固脱贫成果、改善村容村貌，把所有精力都投入到朱家村的建设发展中，以"韧劲、干劲、巧劲"驻村助村，全力搭建朱家村的乡村振兴路。

### 白 杨 | 为民服务守初心，乡村振兴担使命 | 159

作为一名从农村走出来的核电青年，白杨勇担"接续推进乡村振兴"的使命重任。他聚焦加强"组织建设、推进乡村振兴、解决百姓困难"的驻村职责，努力发挥自身优势，找准职责定位，扎实做好驻村帮扶工作。

### 张银林 | 以家国情怀助乡村振兴 | 169

星光不负赶路人，时间不负奋斗者。纵使遇到各式各样的困难和问题，但对乡村的热爱，为乡村振兴贡献自己一份力量的情况，一天也没有改变过。

### 陈国荣 | 扎根基层的乡村振兴多面手 | 174

面对取得的成绩，陈国荣没有骄傲自满，而是坚持扎根基层，不断推进工作的创新和发展。

## 第三章 核力共进，美丽乡村

### 顺溪镇 | 核进共富工坊 | 182

2019年，秦山核电携手进士村成立核进农业开发有限公司；2022年3月，原核进农业开发有限公司全面提档升级。新公司联合顺溪全镇22个村，携手打造产业共富联盟。

## 目 录

### 后腰村 | "没有核电的帮扶，就没有后腰村的今天" | 186

"我们要发挥自身优势，积极探索新的帮扶措施，让乡村振兴的速度加快起来。"江苏核电党委提出新的目标，积极探索和自身优势相结合的帮扶方式。

### 竹岭村 | 乡村振兴这条路会越走越宽 | 192

"文化有多丰富，精神就有多富裕，幸福就是这么简单！"竹岭村在各级党政的正确领导下，在福清核电强有力的支持和帮扶下，不断探索、挖掘、融合、创新，践行一条适合自己的乡村振兴之路。

### 三核村 | 点点滴滴，串成三核村难忘回忆 | 197

三门核电于2021年起派驻专任人员常驻三核村结对帮扶。2年间，一起工作、生活的点点滴滴，串成三核村村民与三门核电最美好的回忆。

### 三核村 | 融合共赢，企地共建"零碳示范村" | 204

在三门核电的帮助下，结合"核我一家"共富品牌和浙江省第二批零碳示范村契机，三核村搭建"央企+镇党委+村党支部"党建联建新渠道，以绿色零碳、生态文明为切口，实施"阵地共建、活动共办"，打造"百姓身边可见、群众真实可感"的共富新场景。

### 旱天岭村 | 从"旱天岭"到"撼天岭" | 211

旱天岭村与全国人民一起跨入全面建成小康社会，彻底甩掉穷帽子，拔掉穷根子。吃水不忘挖井人，脱贫不忘共产党。脱贫摘帽不是终点，而是新生活、新奋斗的起点。

### 孙柏屯村 | 党建引领开新局，倾力帮扶结硕果 | 216

在新一轮乡村振兴驻村帮扶工作中，辽宁核电围绕巩固拓展脱贫攻坚成果同乡村振兴有效衔接，致力于以组织振兴带动产业振兴、生态振兴、文化振兴，努力塑造孙柏屯村的新形象。

### 长溪村 | 从"负"村到富村 | 223

依托示范快堆基地的优势资源，霞浦核电以党建促脱贫，带动长溪村集体经济增收及产业发展，完善基础设施建设，村容村貌焕然一新，村财收入从负数增长到数十万元，由"负"村转变为富村。

# 第一章
# 核力赋能，大企担当

大力弘扬脱贫攻坚精神，在推进乡村振兴中力展担当

# 为乡村振兴注入源源不竭的"核动力"

## ——中国核电"核"力赋能乡村振兴

党的二十大在擘画全面建成社会主义现代化强国宏伟蓝图时，对全面推进乡村振兴作出重要部署。习近平总书记在 2020 年底召开的中央农村工作会议上深刻地指出：脱贫攻坚取得胜利后，要全面推进乡村振兴，这是"三农"工作重心的历史性转移。

脱贫摘帽不是终点，而是新生活、新奋斗的起点。2023 年是全面贯彻落实党的二十大精神的开局之年，也是巩固拓展脱贫攻坚成果同乡村振兴有效衔接的关键之年。"征尘未洗再出发，策马扬鞭更奋蹄"的嘹亮号角已然吹响，中国核能电力股份有限公司（简称"中国核电"）"核"力同心，尽锐出战，积极、全面推进党中央围绕乡村振兴作出的重大战略部署，为乡村振兴注入源源不竭的"核动力"。

## 一、民族要复兴，乡村必振兴

乡村振兴是实现中国梦的重要途径，是民族复兴的必然要求。乡村振兴的核心是"三农"，进入新发展阶段，"三农"工作前瞻性和战略主动性要不断增强。中国核电深刻认识到，乡村振兴，产业是基础，不仅要"输血"，更要"造血"，稳住农业基本盘、守好"三农""压舱石"，同时要注重农业现代化的推进，提高农业生产水平和质量，推动乡村产业升级。

## 二、中国要美，乡村必须美

碳达峰碳中和背景下实施乡村振兴战略，要以前所未有的力度抓生态文明建设，助推美丽中国建设迈出更大步伐。这不仅关系到全面推进乡村振兴工作的顺利开展，而且深刻影响着美丽中国建设和中国社会主义生态文明建设全局。作为中国最大的清洁能源企业之一，中国核电坚持牢固树立社会主义生态文明观，推动建设人与自然和谐发展的新格局，充分发挥自身优势，让产业帮扶释放生态振兴和绿色经济的叠加效应，致力于冲破广大农村人居环境困境，让美丽乡村成为现代化强国的标志、美丽中国的底色。

## 三、既要塑形，也要铸魂

中国广袤的乡村大地，承载着农业生产和农民生活，是中华优秀传统文化的沃土，是中华民族"根"与"魂"的守望地。中国核电在全面推进乡村振兴之路上，坚持既要"富口袋"，又要"富脑袋"，始终将涵养乡村文化作为推进乡村振兴的重点工作之一，全面培育文明乡风、良好家风、淳朴民风，让乡亲们实实在在地提升获得感、幸福感。

全面建设社会主义现代化国家，最艰巨最繁重的任务依然在农村，最广泛最深厚的基础依然在农村。

党的十八大以来，中国核电党委在集团党组的坚强领导下，深入学习贯彻党中央关于乡村振兴重大战略部署和习近平总书记重要讲话精神，不断提高政治站位，心怀"国之大者"，充分发挥自身优势，认真研究定点帮扶与产业发展规律，将帮扶工作与党的建设、产业项目落地整体谋划。以"党建引领、产业帮扶、投资带动、精准施策"为整体思路，将帮扶工

作成效纳入公司年度考核方案，形成"上下联动、统筹推进"的帮扶工作格局。

数年耕耘，中国核电帮扶足迹遍及祖国大江南北，将一个个乡村从"空心村"变成"实业村"，让一个个"文化贫瘠村"蜕变成"乡风文明村"，见证了乡亲们从"急难愁盼"到"喜笑颜开"的转变。

在中国核电的统一谋划、部署下，旗下各成员单位抓市场、抓科技、抓模式、带队伍，统筹资源，盘活地方经济，人才、教育等领域同步发展，实现从"输血"到"造血"的转变，将乡村振兴工作与企业发展高度融合，获得了政府的信任、群众的支持、产业的发展、品牌的美誉和干部的成长。

### 四、用心用情，夯实帮扶责任

田间地头访实情，走访慰问看真贫。中国核电认真研究定点帮扶与产业发展规律，明确帮扶责任，将帮扶工作与党的建设、产业项目落地整体谋划、积极推动乡村振兴及新能源产业发展紧密结合，根据责任区联系点，将帮扶责任点写入制度，明确帮扶责任区，各单位主要领导带头，班子成员多次深入帮扶责任区开展调研，深入实地，访贫问苦。各单位每年定期召开帮扶工作座谈会，与一线驻村干部面对面交流，了解帮扶工作进展，推动帮扶责任落到实处，打造了诸多乡村振兴的现实样板。

甘肃省定西市通渭县是中国核电承接国家能源局任务的定点帮扶地，在对通渭县的帮扶中，中国核电资助通渭籍优秀贫困生89人在四川核工业技师学院核电相关专业学习，还选拔了一批通渭籍优秀毕业生到核电厂就业。3年间，共解决14名通渭籍优秀毕业生就业问题，工作单位涉及秦山核电有限公司（简称"秦山核电"）、江苏核电有限公司（简称"江苏核电"）、海南核电有限公司（简称"海南核电"）、福建福清核电有限公司（简称"福清核电"）、中核国电漳州能源有限公司（简称"漳州能源"）、中核霞浦核电有限公司（简称"霞浦核电"）等6家成员单位。值得一提的是，中国核电创新实施"'魅力之光'+帮扶工作"新模式。在"魅力之光"兰州专场活动中，就活跃着通渭县有关领导和优秀学生代表。中国核电组织针对通渭县学生的夏令营，系列活动像一场润物细无声的春雨，浸润了通渭县的土地。

### 案例1：魅力之光"核"你在一起

2023年5月26日，第十一届"魅力之光"清洁能源科普活动甘肃赛区启动暨中核汇能有限公司（简称"中核汇能"）与通渭县、卓尼县共建"零碳示范村"签约仪式在兰州大学举行。"魅力之光"清洁能源科普活动来到甘肃，不仅是基于文化的传承和人才的接续，更是碳达峰碳中和背景下，绿色清洁能源理念深入基层的一次重要尝试。这是"魅力之光"清洁能源科普活动第一次与定点帮扶、乡村振兴挂钩，具有重要的示范意义。

"魅力之光"清洁能源科普活动在培养科技人才、促进产业发展、传播科学文化方面具有独特作用，为乡村振兴提供了新的发展思路。中国核电作为中国核能事业发展的开拓者和引领者、可再生清洁能源发展的重要参与者和推动者，以"魅力之光"清洁能源科普活动举办为起点和纽带，未来将帮扶更多来自贫困偏远地区的青少年学习科学知识，开阔眼界，树立远大志向，热爱科学，崇尚科学，为实现家乡振兴作出自己的贡献。

### 五、出钱出力，创造幸福生活

民生无小事，枝叶总关情。乡村振兴的前提是农业农村优先发展，需要大量的资金资源投入。作为一家央企上市公司，中国核电始终坚持将乡

村振兴作为企业践行社会责任的重要途径。多年来，中国核电直接在定点帮扶工作中投入帮扶资金逾 22 亿元，争取政府配套资金超过 1000 万元，扶助贫困户 5792 户，带动建档立卡贫困人口脱贫人数 1.75 万人，得到了地方政府和人民群众的欢迎、认可，重点帮扶的宁夏吴忠市同心县工作成效更得到两任省委书记的肯定。自 2021 年转入乡村振兴阶段，中国核电累计对定点帮扶县投入无偿捐赠资金 1947 万元，消费帮扶金额 737 万元，在推进乡村振兴中彰显了责任担当。与此同时，中国核电依托同心县风、光资源优势，以清洁能源产业一体化发展为主线，持续巩固拓展帮扶成果，积极推进同心基地开发建设，为助推乡村振兴展现新担当、新作为，作出新贡献、新业绩。

## 案例 2："同心模式"向未来

历史上，同心县不仅是唐蕃古道、丝绸之路经过之地，各族人民交往、融汇的地方，而且是中国共产党领导下第一个民族自治政权所在地。在《红星照耀中国》一书中，埃德加·斯诺用相当的篇幅记叙了这座千年小城。同心县地处宁夏中部干旱带核心区，山大沟深、干旱缺水，一度县穷民贫。1983 年，同心县被确定为国定贫困县，后又成为六盘山集中连片特殊困难地区 61 个核心贫困县之一。直到 2012 年，这里三成以上群众仍处于贫困线以下。

同心县，不仅传承着红色革命精神，更寄托着中国核电携手同心奔赴美好生活的期待。2021 年 2 月，中国核电旗下中核汇能同心兴隆 100 兆瓦风电项目成功并网，这是新能源产业发展融合乡村振兴的"同心模式"的缩影。中国核电在同心县旱天岭村投资 5000 万元建设 12 兆瓦分布式光伏，使得村民取暖季支出降低至近 1000 元，极大地提升了村民的获得感和幸福感。同时，宁夏同心（中核）清洁能源产业园初步建成,"同心模式"带来的帮扶效应进一步彰显了中国核电的力量。

## 六、育产育苗,实现企地共富

中国核电始终将"强核报国、创新奉献"作为企地融合开展帮扶工作的重要原则,以"企业和地方共同富裕"为导向,将乡村振兴与新厂址开发、项目开发统筹谋划。在新能源项目开发中,中国核电将帮扶工作精准对接地方发展需求,同步谋划乡村振兴、同步安排捐赠预算,充分发挥新能源产业开发周期短、效益明显的优势,不断探索乡村振兴与新能源产业开发结合的新路子,在实践中形成了具有全国影响力的产业帮扶样板模式。

在秦山核电结对帮扶浙江省温州市平阳县顺溪镇进士村的同时,开展对平阳县西镇海岸厂址开发的前期调研工作和金七门项目的前期工作,将帮扶工作融入浙江高质量发展建设共同富裕示范区建设实践。在西陬山厂址开发中,充分结合厂址周边3个帮扶村的工作与民众沟通,以帮扶成效带动厂址开发。中国核电投入产业项目开发资金超过2.3亿元,援建帮扶项目31个。

与浙江省台州市三门县政府签订协议,共同在三核村以建设多用途新能源项目打造"零碳产业创富、零碳环境聚富、零碳生活润富"的"零碳示范村"。创新全国首个"天光地热"零碳供暖项目,实现光伏地热多模块技术耦合,打造北方地区清洁供暖新模式。协同推进昌江清洁能源高新技术产业园项目落地,海南核电以"合作社+电商"模式服务帮扶海南省昌江县乙洞村全村种植户,带动村民增收致富,壮大村集体经济,获地方政府高度赞赏,连续4年获得省派企业考核"好"的等级。相关经验在《中国乡村振兴》杂志上刊登宣传,引起强烈反响。

### 案例3：核能之光点亮最美黎乡

昌江县，拥有一段特殊而又辉煌的海岛工业文明历史，曾经依靠丰富的矿产资源发展矿石采掘加工和水泥建材等产业，但是资源终有枯竭之时，产业亟待升级转型。

今天，昌江县依托核电清洁能源基地优势，打造清洁能源高新技术产业园，探索一条符合海南自贸港产业定位的清晰转型路径，实现从"黑灰"产业向"绿色"产业发展。在清洁能源高新技术产业园建设过程中，海南核电清晰谋划了昌江清洁能源产业链构建的逻辑关系，依托海南核电清洁能源综合成本优势，吸引了一大批光伏、风电、新能源电池、新材料研发制造等领域的"专精特新"企业落户，逐步打造绿色低碳零废园区。

与此同时，海南核电持续不断实施了水利专项扶贫、消费扶贫、转移劳动力扶贫、产业扶贫、思想帮扶、生产及技术帮扶、结对帮扶、环境整治等8项措施，在文化扶贫、劳动就业、产业升级等方面给昌江地区少数民族村落带来了根本性的变化。

乙洞村距离海南核电60千米，缺乏自然资源、旅游资源、基础设施方面的优势，是海南省扶贫困难较大的一个村落。随着脱贫攻坚、建设美丽乡村工作的持续深入推进，村民们逐渐过上宜居宜业的好日子。乙洞村完成农村高效农业转型，建起了蔬菜育种大棚，村民们还注册了电商。

### 七、村美景美，生态赋能产业

"绿树村边合，青山郭外斜。"生态环境是最普惠的民生福祉，人居环境整治和美丽乡村建设是乡村生态振兴的重要内容。中国核电坚持生态优先，绿色发展，牢固树立"保护生态环境就是保护生产力、改善生态环境就是发展生产力"的理念，把生态保护放在优先位置，在推进帮扶工作、乡村振兴过程中充分考虑生态环境因素，通过绿色发展推动农业升级、促进农村进步、实现农民富裕。生态是乡村最大的发展优势。坚持将生态与产业相融合，着力发展乡村生态产业，是全面推进乡村振兴的题中应有之义，由此实现产业富民、生态和谐、全面发展，激活乡村振兴的"一池春水"。

## 案例4："渔光互补"零碳示范村

由三门核电有限公司（简称"三门核电"）南区进厂隧道入口驶进村子，只见白墙黛瓦的新居有序排列，宽敞平坦的道路干净整洁，房前屋后遍布绿植，一派宜居景象。这里便是浙江省三门县健跳镇三核村，中国核电定点帮扶村。现如今的三核村是远近闻名的"零碳示范村"。

在这里，经常能听到村民这样说："现在生活环境大变样，新房正在建，环境也变美，日子一天比一天有盼头，居住在这样的环境里，真让人舒心。"

三核村创建浙江省第二批"零碳示范村"的历程要从2022年说起。三核村邻近台州市最大的低碳能源基地——三门核电，全村河道水库面积约26.7万平方米，山林面积约133.3万平方米，荷花塘面积约26.7万平方米，光照条件优越，如果开发各应用场景的光伏项目，将在实现乡村碳中和方面发挥出优势。三门核电驻村干部建议把三核村纳入2022年三门县申报浙江第二批"零碳示范村"创建单位的重点推荐名录，该提议得到参会专家和领导的一致认可。经与县自然资源和规划局、水利局、发改局等各部门的积极沟通协调，最终确认三核村13.3万平方米甲鱼荷花套养塘满足"渔光互补"项目建设条件。

三门核电立足三核村生态优势、气候特点、营商环境，充分发挥资金、技术、人才、经验优势，开展系列工作，坚持多措并举改善三核村的人居环境，解决村民安居和出行难题，优化村"两委"办公条件，助推完成水库除险加固工程、道路硬化工程、村便民服务中心等一批"硬核"项目，给乡村面貌按下"美颜键"，也跑出了乡村产业振兴的新速度。三核村正朝着"零碳示范、生态休闲、乡风文明、产业兴旺、环境宜居"的高质量融合发展现代化美丽乡村大步前进。

## 八、树牌树人，培育人才干部

脚下沾有多少泥土，心中就沉淀多少真情。乡村振兴，关键在人，关键在干。要努力建设一支政治过硬、本领过硬、作风过硬的乡村振兴干部队伍，吸引各类人才在乡村振兴中建功立业。要保持耐心，久久为功，激发广大农民的积极性、主动性、创造性，共同建设农业基础稳固、农村和谐稳定、农民安居乐业的美好家园。

多年来，中国核电涌现了一大批有责任心、事业心，厚植人民情怀的干部，他们扑下身子沉下心，扎根一线促振兴，再苦不言苦、再累不喊累，勇于担当央企责任，敬业奋斗孜孜以求，心系百姓大爱无疆，助推乡村振兴有序有效发展，他们就是中国核电各成员单位奋战在乡村振兴第一线的驻村干部。

截至 2023 年底，中国核电已选派 27 名派驻干部，分赴辽宁、江苏、浙江、福建、海南、宁夏、重庆等 7 个省（自治区、直辖市）12 个村驻村帮扶。帮扶干部发挥抓党建、促振兴的"尖刀班""排头兵"作用，帮助定点帮扶村建好班子、配强队伍，留下一支"带不走的工作队"。帮扶经历培养了干部的开拓意识，他们通过抓市场、抓科技、抓模式，全面提升地区发展力。驻村干部结束帮扶工作后，均成为企业发展的中坚力量。

## 案例5："驻村"变"助村"

在辽宁省兴城市碱厂乡朱家村，有这样一名驻村第一书记，他夯实党建基础、促进产业发展、助力脱贫攻坚、改善村容村貌，他把自己所有的热情都投入到朱家村，以"韧劲、干劲、巧劲"，切实把"驻村"变"助村"，走出了朱家村的振兴路。他就是中国核电、中核辽宁核电有限公司（简称"辽宁核电"）派驻朱家村的驻村第一书记裴海永。

2021年9月，裴海永来到离家50余千米的朱家村，干的第一件事就是挨家挨户走访。回忆当时，裴海永表示，基层工作没有捷径可走，要带着感情和责任去做。

朱家村村民朱汉祥说："当时这小孩是城里来的，我们以为他在农村搞不了这份工作，但是，后来他走村串户了解实际情况，村班子带他家家户户走，调查民情，这一下老百姓就对他有印象了。"

裴海永从一次次驻村走访中，为朱家村找准了发展方向。他先后梳理、总结形成帮扶振兴调研报告和工作计划，主导制定朱家村"生态立村、产业振兴"的发展定位，创新实践"政企民共建"产业新模式，因地制宜逐步培育"一个支撑、两翼协同"的产业群，持续完善基础设施建设，一幅富村强民全局图徐徐展开，使朱家村发展步伐稳健、强村更加自信。

朱家村村民朱云安说："打我们这第一书记来之后，这个小班子，把我们脏乱差的小地方改造得让我们非常满意。有这么好的环境跳广场舞扭大秧歌，老百姓都非常高兴。"

全年300余天驻村工作，每月至少加班4天，离家50多千米，很多人觉得他太拼，裴海永却说："村民们能够过得越来越好，朱家村越来越漂亮，就是我驻村奋斗的目标。"

### 案例6：旱天岭变"撼天岭"

2021年6月，成思新带着使命和重托，来到宁夏吴忠市同心县旱天岭村挂职第一书记。旱天岭村是宁夏西海固地区易地搬迁村，与电视剧《山海情》中的自然环境十分相近。当地村民对美好生活的向往和为之付出的坚持与努力，时刻激励着成思新牢记初心使命、奋勇前进。

挂职以后，成思新走家串户熟悉村情、倾听民意，认真思考如何"发挥优势、因地制宜"实施帮扶，逐渐明确了"产业＋生态＋创新"的综合帮扶思路。他与广大干部群众一道，认真落实中国核电和同心县合作备忘录精神，推动旱天岭村人居环境综合整治、水资源综合利用、牧草种植生态园建设、村集体经济公司化经营创新、清洁能源综合利用、文化教育建设等，将旱天岭村打造成"草畜一体、生态休闲、清洁环保、乡风文明、产业兴旺、环境宜居"的高质量发展乡村振兴示范村，努力谱写旱天岭凤凰涅槃、华丽转身的新篇章，让昔日的旱天岭通过乡村振兴变成今日的"撼天岭"。

## 九、塑风塑魂，赋能美丽乡村

推进乡村振兴是事关全面建设社会主义现代化国家的全局性、历史性任务。广袤的乡村大地，是我国传统文明的发源地，乡村不能成为荒芜的农村、留守的农村、记忆中的故园，而应成为"望得见山，看得见水，留得住乡愁"的美丽家园。实施乡村振兴战略要物质文明和精神文明一起抓，特别要注重提升农民的精神风貌。

多年来，中国核电坚持以文化铸魂，塑景美、人美、乡风文明之魂，积极弘扬和践行社会主义核心价值观，推进农村思想政治工作，开展形式多样的群众文化活动，普及科学知识，推进农村移风易俗，革除陈规陋习，推动形成文明乡风、良好家风、淳朴民风，把农民群众的精气神提振起来。

## 案例7：闽粤边境上的传统古村

福建省漳州市黄田村位于中国历史文化名镇九峰镇西南角，距镇中心2千米。黄田村作为客家村落，有19个村民小组1015户4019人。黄田村有着深厚的文化传统，如一颗璀璨的明珠镶嵌在水土丰沃的闽粤边境。

来自漳州能源的驻村第一书记钟德建，深刻体会到新时代乡村振兴的任务之重，他对习近平总书记指出的"乡村振兴，既要塑形，也要铸魂"有着自己的思考。在驻村的半年多里，钟德建立足黄田村传统古村落资源优势，用传统文化来铸魂，助推乡村振兴。

钟德建通过多方筹集资金，对黄田小学、国学馆周边环境进行整治。该工程于2021年11月开工，2022年2月主体完工，包括外墙修复、羽毛球场和休息亭建造、绿化种植与养护、莲花池垃圾清理等。国学馆成为继廉政公祠、大榕树公园之后又一新的培训教育基地。黄田村逐步形成集旅游、休闲、文化、教育于一体的美丽黄田，有效促进乡村宗族文化、耕读文化、牌坊文化、楹联文化、家风文化在新时代的传承，并成为省级乡村振兴示范村——黄田村有着独特的历史印记和人文精神，其中与社会主义核心价值观相一致的乡村文化基因可大力挖掘和弘扬。

春来夏往，岁月不居。中国核电正在奔赴一场名为"乡村振兴"的远大前程，盘活乡村生态经济，培育乡村核电人才，实现企地共赢，蹚出一条名为"中国核电"的特色乡村振兴路。"望得见山、看得见水、记得住乡愁"的美好愿景正在变为现实。

　　未来的日子，中国核电将继续以"越是艰险越向前"的无畏气概披荆斩棘，以"不破楼兰终不还"的执着定力攻坚克难，深入贯彻党中央乡村振兴战略部署，坚决落实集团党组决策要求，牢固树立"扶产业就是扶根本"的理念，坚持高站位，保持奋进姿态，把乡村振兴工作与开展好"我为群众办实事"实践活动相结合，切实为农民群众办实事、解难题，以更有力的举措，汇聚更强大的力量，助力农业高质高效、乡村宜居宜业、农民富裕富足，为全面推进乡村振兴、实现全体人民共同富裕的现代化贡献更大的"核"之力量与"核"之动力，奋力谱写乡村振兴的崭新篇章。

# 赓续国之光荣传统，多举措助力乡村振兴

## ——秦山核电乡村振兴及定点帮扶成果

从浙江省嘉兴市海盐县驱车，沿翁金线一路向南，行至秦山脚下，便可来到我国首座自行设计、建造和运营管理的核电站——秦山核电。这里是中国核电起步的地方，是中国核电的"红色根脉"和"红船"，被誉为"国之光荣"。

党的十八大以来，秦山核电奋力谱写"国之光荣"的崭新篇章，深入学习贯彻党的二十大精神和习近平总书记关于"三农"工作的重要论述精神，紧扣浙江"三农"工作"369"行动，以建设共同富裕示范区为目标，在保持"帮户扶村、联乡带县"帮扶机制总体稳定的前提下，持续深入开展与温州市平阳县顺溪镇进士村的结对帮扶工作，始终坚持以党建为引领，"扶志"和"扶智"并举，"输血"和"造血"并进，统筹谋划，科学实施，助力乡村振兴发展。

进士村是秦山核电2018—2025年的帮扶对象，秦山核电以"帮户扶村、联乡带县"为目标，进一步拓宽帮扶领域、整合帮扶资源、创新帮扶机制，加快推动帮扶工作由以民生改善为主向更加注重产业帮扶转变，推动山区26县跨越式高质量发展。

秦山核电围绕壮大村集体经济和带动村民增能增收两条主线推进具体工作。2021—2023年，秦山核电以捐赠形式直接投入帮扶资金500余万元，

秦山核电党委副书记吴炳泉走访进士村

以消费帮扶形式投入资金 300 万余元，引入其他单位投入资金 100 万余元，低收入农户慰问投入资金 30 万元。会同顺溪镇政府投入 40 万元打造"禾进"展销中心。启动实施产业项目 8 个，基础设施提升项目 4 个。2021、2022、2023 年，帮扶进士村实现村集体经营性收入分别为 51.6 万元、53 万元、55.5 万元。

## 一、帮扶规划落实乡村振兴

秦山核电高度重视与进士村的结对帮扶工作，2021 年 7 月，新一届帮扶工作组成立，并选派干部赴顺溪镇开展常驻工作。为建立长效结对帮扶机制，推进"帮户扶村、联乡带县"总体目标迈进，公司党委经多次调研、沟通，研究制定了结对帮扶工作规划，谋划优质产业项目，帮助村集体建立并逐步优化扶贫产业结构，强化帮扶"造血"功能。公司党委领导十分关心低收入农户生活状况，定期听取帮扶工作汇报，指导具体工作。近年来，秦山核电党委领导多次带队实地走访调研，并对村内低收入农户开展入户慰问，送去秦山核电人的关心关怀。

## 二、党建引领暖心又扶志

秦山核电注重党建与思想政治建设，以红色领航为主线，量身定制村集体经济发展"一村一策"，投资为进士村修建了党群服务中心文化礼堂、红色文化广场、居家养老服务中心等，将党的温暖送到进士村的田间地头。例如，村内五保户及困难家庭，每人只需花费2.5元就能在居家养老服务中心吃上可口的一日两餐，对于行动不便的老人，还提供爱心送餐上门服务。同时，建立秦山核电党员教育实践点和青年员工社会实践点，深入挖掘革命老区红色资源，不定期开展红色教育、入户帮扶等主题党日活动，累计有46个党（总）支部近千名党员（团员）青年赴进士村，通过开展主题教育活动等形式带动村集体增收，该项工作成绩在B类乡镇互学互比中名列前茅。

进士村红色记忆馆

"禾进"茶园

## 三、多措并举点燃"新引擎"

秦山核电创新结对帮扶模式,在顺溪镇的支持和帮助下,成立核进农业开发有限公司(简称"核进开发公司"),投入40万元打造脱贫攻坚平台——"禾进"展销中心。核进开发公司联合顺溪镇22个行政村携手打造产业共富联盟,建设"线上+线下"展销平台,以各村股份经济社合作为"商家载体",统筹整合全镇各村农户的特色农产品,通过"按需定制""直播带货"等推进特色农产品一体展销,破解山区销售分散难题。打造"顺溪优选"专业农业品牌,政府助力把好农产品生产"源头关"、过程"质量关"、售后"服务关",带动顺溪黄年糕、禾进茗品高山茶、畲药金线莲等特色农产品销售,截至2023年12月,为村集体增收40万余元。

## 四、因地制宜建设"核芯"项目

秦山核电坚持以打造村"核芯"产业项目为抓手,为当地乡村振兴注入"源头活水"。充分利用平阳县关于支持茶叶等特色产业发展和扶贫惠农相关政策,先后投入资金270万元建设进士村"核芯"产业项目——禾进茶园,让"荒山"变"绿山",让村集体拥有稳定的收入来源。2023年,茶青产量增长到1500余斤(750余千克),通过精心养护,未来有望突破3000余斤(1500余千克)。每年投入的维护资金还可带动村内有劳动能力的低收入农户增收,为长期"造血""活血"提供持续"核"动力。

## 五、共同富裕打出"组合拳"

发挥"书记直播间""农善播""盈创""安防职业技术学院"等助农直播平台的作用,利用微信、抖音等开展直播助农活动,同时邀请网络

直播带货

"大咖"一起走进直播间,推广"顺溪优选"农特产品,为推广山区农特产品、带动低收入农户家庭增收搭建"线上+线下"共富平台。直播期间,获20余万人次点赞,在线观看人数峰值2万余人次,上架商品订单量逾3000件,为集体增收2.5万余元。直播助农活动让更多人了解到绿水青山造就了顺溪天然优质的农产品,为当地群众带来迈向共富路上的"金山银山"。

## 六、千山万水"借"才聚智

秦山核电破除"大山意识",结合公司专业优势,在能源项目开发等领域持续加强与平阳县的交流协作。秦山核电根据浙江省碳达峰碳中和相关工作部署,在平阳县开展清洁能源项目的前期勘察和厂址普选工作。2021年,率先帮扶进士村完成第一期40千瓦屋面分布式光伏项目建设;2022年,在进士村新建文化礼堂完成第二期33千瓦屋面分布式光伏项目建设;2023年,完成顺溪镇政府楼宇第三期66千瓦屋面分布式光伏铺设,屋面光伏总装机容量达139千瓦,每年可为村集体增收7万余元。

## 七、优化结构激活"内生"动力

秦山核电优化帮扶路径,为进士村村集体购买平阳县鳌江镇商业街商铺,入股水电站和平阳县富村公司,优化村经营性收入结构,2023年为村集体增收14万余元。做好内部动能挖掘,因人因户施策,将低收入人员更多地安排到环境清理、河道保洁、生态护林等就业岗位上,带动低收入群体勤劳增收。进士村已实现"两不愁三保障"突出问题清零、年家庭人均收入8000元以下情况清零、集体经济薄弱村清零,逐步实现由"薄弱"向"不弱"的转变。

镇政府屋面光伏

## 八、握紧政治"方向盘"履职担当

驻村干部把加强进士村党支部建设放在帮扶工作首位，积极向村"两委"宣讲党的二十大和浙江省第十五次党代会精神，深入推动"清廉村居"建设，村"两委"议事机制不断健全，村务管理不断规范，营造出风清气正的村居治理环境，进一步增强村党组织和广大党员的凝聚力、战斗力。特别是结合主题教育，组织年轻党员进农户、到田头，为村里老人宣讲习近平新时代中国特色社会主义思想，在台风天气和汛期，党员干部组织群众转移、抢修损毁道路，切实保障广大村民生命财产安全。

# 二十余载倾情帮扶,"连核"一心乡村振兴

## ——江苏核电乡村振兴及定点帮扶成果

江苏核电于1997年12月18日成立,全面负责田湾核电站1—8号机组的建设管理和运营。田湾人从零开始,用田湾速度建成了全球在建和在运的最大核电基地,并把习近平总书记擘画的"续写我国核工业新的辉煌篇章"的核工业宏伟蓝图,从全球视野的"大写意"一笔一笔精心绘制成"工笔画",完成了从无到有、从小到大的巨变。

企业要发展,民族要复兴,实施乡村振兴战略,是实现"两个一百年"奋斗目标的必然要求,是实现中华民族伟大复兴中国梦的必然要求。江苏核电以习近平总书记关于乡村振兴工作的重要论述精神为指引,按照产业兴旺、生态宜居、乡风文明、治理有效、生活富裕的总要求,深入贯彻落实中国核工业集团有限公司(简称"中核集团")、中国核电和地方政府乡村振兴部署安排,从产业、人才、文化、生态、组织5个方面全盘发力,高标准、高质量、高成效推进乡村振兴帮扶工作。江苏核电先后选派3名驻村干部,直接拨付无偿帮扶资金超过1600万元,帮助江苏省灌云县兴四村、后腰村、吴赵村打赢脱贫攻坚战,持续巩固脱贫攻坚成果、接续推进乡村振兴,为地方经济社会发展和推进乡村振兴不断贡献"核电"力量,获江苏省帮扶工作先进单位、优秀帮扶工作队员等荣誉。

第一章 核力赋能，大企担当

江苏核电党委慰问后腰村困难群众

## 一、重点发展增收产业，筑牢乡村振兴基础

创新发挥自身优势，扶持后腰村发展空气过滤器制造产业。该项目由后腰村控股，与成熟企业合资成立连云港绿田青湾空调净化设备有限公司专业化运作，生产空气净化系统过滤器。空气净化系统过滤器能够过滤空气中的粉尘杂质，适用于工厂、医院、办公楼等各类有空气净化需求的场所。该项目于2020年投产，江苏核电订单采购帮助其获得销售收入超过360万元，其中，2023年上半年采购额达140万元。该项目因其长远稳定的收益性获得当地干部群众交口称赞，被誉为"核电帮扶的好项目"，成为核电帮扶的亮眼品牌。

因地制宜帮助发展连栋大棚果蔬种植产业。发挥当地资源禀赋优势，建成连栋大棚4万平方米、拱形大棚7000平方米，产权全部属于村集体，成立灌云绿田青湾农业开发有限公司专业化运作。自2019年陆续投产以

江苏核电帮助吴赵村建设的标准菜园子

来,每年帮助村集体增加销售收入超过100万元,"穷土地"长出"富果实"。该项目起到示范引领效应,项目建设前,周边全是稻麦种植,如今已形成面积13.3万平方米的大棚果蔬产业,有效带动当地农业高效发展,被灌云县授予"党建引领脱贫攻坚示范项目"称号。

建设帮扶光伏电站。践行"零碳"理念,为兴四村30户低收入户每户建设一座4千瓦光伏电站,为兴四村村集体建设一座200千瓦光伏电站。项目收益长远稳定,每年为村集体和困难群众增加收入,电站的日常维护还创造了新的就业岗位。

建设标准化厂房提升工业基础。以帮扶资金撬动更大资金投入,在四队镇工业区建设标准化工业厂房2座,筑牢四队镇工业发展基础,招商引资,吸引企业入驻,在收取厂房租金的同时,创造就业岗位和税收,大力带动四队镇经济社会发展。

乡村振兴,产业振兴是关键。只有产业兴旺了,农民才有好的就业、高的收入,村集体才有资金资源为本村发展打基础、谋出路,农村才有生

江苏核电帮助兴四村建设的水泥路

机和活力,乡村振兴才有强大的物质基础。江苏核电帮助发展的一项项产业成为当地乡村振兴的摇钱树,源源不断为镇村经济提升和群众收入增加提供助力。

## 二、大力发展民生项目,提升基础设施水平

建好三家党群服务中心。"帮钱帮物,不如帮建个好支部",江苏核电先后帮助兴四村、后腰村、吴赵村党群服务中心顺利建成投用,村干部每天坐班服务,解决了村干部"游走式"办公、村民办事找不到人的难题。规章、标识上墙,激发村干部斗志和内生动力,建强党的基层服务堡垒。

实施一系列惠民基建工程。沿三干沟路创建美丽乡村示范点,建设标准菜园子、刷新村居墙体、栽种绿植、装设宣传栏,整体提升村容村貌;帮助四队镇乡村振兴产业园和3个村共计新建7条水泥路,解决村民生产生活出行难、产业园农产品运输难问题;帮助建设5座电灌站和配套水渠,

电灌站

完善农业生产基础设施，彻底改变一遇农忙就抢水的状况；新装太阳能路灯 260 余盏，让村庄的夜"亮"起来；建设 3 处文化广场和乡村大舞台，给村民文化生活提供载体；新建镇村标识牌，提升村容村貌和品牌形象。一系列民生项目建设，提升了镇村基础设施条件，给农业生产和群众生活带来极大便利，为乡村振兴筑牢基础。

## 三、创新开展特色帮扶，确保群众广泛受益

关注特困群体，开展捐赠和助学活动。江苏核电党委成员每年在传统节日走访慰问四队镇困难群众和困难学子，送去慰问金和慰问品，与他们欢度佳节；为兴四村小学捐赠教学设施，发动党支部到四队镇对口帮助学生，资助奖学金、助学金，送去文具；推荐困难学子参加"魅力之光"核科普夏令营，帮助他们拓宽视野、成长成才；举办教育帮扶夏令营，组织连云港市 50 名优秀困难学子参加为期 4 天的核电研学活动，包含核电参观、科学知识讲座、高考状元经验分享、趣味运动会、爱国主义教育等丰富多彩的内容，助其拓宽视野、成长成才，为他们搭建放飞梦想的舞台。

为群众办实事。江苏核电党委在吴赵村走访过程中发现孤寡老人吴连生卧病在床,所住房屋漏雨,无力维修,窗户仅由塑料袋遮挡。江苏核电迅速行动,帮助吴连生更换房顶、粉刷房屋、更换门窗被褥,帮助老人入住新居。7岁的吴召想父亲入狱、母亲离家出走,姐弟三人靠60多岁的爷爷奶奶打工照顾,三人挤在一张破床上,大姐还是残疾人。江苏核电为他们打造"梦想小屋",将房屋装修一新,购置床、被褥和衣柜,新添学习桌椅和文具,帮助孩子们克服成长道路上的困难。

打造"田湾消费帮扶"品牌。发掘四队镇农产品潜力,联合田湾基地参建单位,举办展销会,通过工会慰问、餐后水果和员工自愿购买等形式,推广四队镇稻鱼共生大米、西瓜等特色农产品,帮助村集体增加销售收入超过70万元,打响"田湾消费帮扶"品牌。

在地方疫情形势严峻时刻,两次向四队镇捐赠抗疫物资,助力地方打赢疫情防控阻击战。向四队镇各个村共捐赠办公电脑120台,提升镇村办公信息化水平。发挥自身优势,协调相关单位到灌云县举办就业帮扶招聘会,帮助灌云群众就业;到灌云县开展优惠直供电能源帮扶活动,以优惠电价助力当地企业降本增效,推动当地经济社会发展。

江苏核电向四队镇捐赠办公电脑

2023年"推进消费帮扶 助力乡村振兴"工会活动

## 四、田湾帮扶硕果累累，持续展示中核形象

垒土成山，纳川成海，江苏核电实施的一系列帮扶项目落地见效、长远有效，帮助四队镇吴赵村、后腰村、兴四村3个村集体摘帽，101户268人脱贫，并持续巩固脱贫成果、接续推进乡村振兴。

以后腰村为例。在江苏核电的精准帮扶、地方政府和后腰村干部村民的共同努力下，后腰村发生翻天覆地的变化：从全村零高效农业，到约80%的土地发展高效农业；从村集体年年零产业收入，到每年村集体产业收入在50万元以上；从远近闻名的穷村，到周边都来学习的发展明星村……在外打工一年多的村民回村说"不认识了，以为走错了"，后腰村村支书老杨说："干了18年书记，就数这两年干劲大，后腰村能有今天，离不开核电的帮扶！"

江苏核电的帮扶成果在学习强国平台、中核集团平台、中国核电宣传平台多次得到宣传展示，被江苏省政府扶贫开发网、《连云港日报》、连云港扶贫等地方媒体作专项报道10余次，为中核集团、中国核电树立良好的央企形象发挥了作用。江苏核电实打实的帮扶成果也获得当地干部群众一致好评，持续为核能事业发展营造有利的社会氛围。在江苏徐圩核能供热项目前期推进过程中，需要地方政府支持开展公参问卷、稳评问卷和规划限制区报告等工作，灌云县支持力度很大，配合顺畅。

脱贫摘帽不是终点，而是新生活、新奋斗的起点。笃志而行，虽远必达。江苏核电不折不扣地落实中核集团、中国核电和地方政府乡村振兴部署安排，持续提高政治站位，主动加强政治担当，坚持"发挥优势、因地制宜、产业为重、民生为本"的工作思路，进一步发挥自身优势，推进乡村振兴工作，多措并举提升乡村振兴工作实效和打造田湾乡村振兴帮扶品牌，为核能事业发展创造良好的社会环境和干群基础，源源不断为乡村振兴注入强劲"核"动力。

# 铸"国之重器",助乡村振兴

——福清核电乡村振兴及定点帮扶成果

作为我国自主三代核电"华龙一号"示范工程基地,福清核电肩负着"建'华龙一号',铸'国之重器'"的重大使命。福清核电心怀大局、知责有为,充分发挥核电作为清洁高效、安全稳定基荷能源的优势,全力为经济社会发展提供强劲的清洁能源支持。作为我国核电走向世界的"国家名片","华龙一号"于 2015 年 5 月 7 日开工建设。建设好、运行好"华龙一号",是福清核电支撑中国自主核电品牌"走出去"、助力民族核电腾飞的光荣任务和重大使命。同时,积极履行社会责任,展现央企担当,与

福清核电领导指导乡村振兴工作并慰问驻村干部

*福清核电领导指导乡村振兴工作并慰问村民*

地方政府协作助推地方经济社会发展，助力乡村振兴，是企业发展的另一重要议题。福清核电党委在集团党组的坚强领导下，深入学习贯彻党中央关于乡村振兴重大战略部署，积极践行，始终将学习贯彻习近平总书记重要讲话和重要指示批示精神作为"第一议题"。

## 一、夯实帮扶责任

"新思想引领新征程"，推进乡村振兴工作。2021年7月—2024年6月，福清核电领导先后9次到定点帮扶的闽清县东桥镇竹岭村开展调研指导工作，捐赠450万元用于乡村振兴项目建设，努力建成邻喜企业、优秀社会责任企业。

用心用情开展帮困救助各项活动。3年来，福清核电共计引导社会各界到竹岭村开展帮困救助、重阳慰问活动37批次，慰问473人次，合计捐赠帮困钱款及物资12万余元。在公司办公室党支部、人力资源处党支部、经营计划处党支部、工会办公室党支部、信息文档处党支部、商务合同处党支部、保卫处党支部、技术支持处党支部、维修二处党总支部、运行二处党总支部、运行二处四值党支部等16个党支部的带领下，党工团各级组织纷纷前往竹岭村开展交流学习活动。

助学助教助力乡村文化振兴。2023年6月15日，福清核电向闽清县东桥中心小学捐赠爱心图书1586册，价值4.5万元。2023年5月30日，协调福建海峡银行为闽清县东桥中心小学优秀儿童、留守儿童、低保户家庭儿童捐赠55套文具和书包，价值1万元；3年来，积极争取社会各界人士助学13人，捐赠助学金7.5万元，其中，福清核电2名党员职工定点助学2人，捐赠助学金3万元，3年合计协调及直接捐赠助学助教资金近20万元。

## 二、创建榕城福村

闽清县东桥镇竹岭村1995年列入福州市造福工程，搬迁到东桥镇北洋金刚坂，是福州市第一个整村搬迁村，也是福州市"3820"战略工程成

中核集团福建福清核电有限公司、福建省慈善服务协会爱心图书捐赠仪式

就的具体体现。竹岭造福工程连续 27 年（1994—2020）被列入福建省委、省政府为民办实事项目，解决了一方水土不能养一方人的问题。继竹岭村搬迁之后，东桥镇先后有 9 个村庄部分或全部从高山搬到镇区周边。1996 年 2 月 9 日，习近平同志调研竹岭造福工程时对整村搬迁给予充分肯定，对竹岭村今后的发展作出明确指示：生产门路的问题要解决，山上还是基地不能丢，搬下去住了，脚板不能软了，还得上山干活，上山干活不能只种粮食，还得发展林果竹。再就是由于搬下来，要搞第三产业、第二产业，增加收入。[1]

福清核电"主动作为、善作善为"，为"再造一个新福核"丰富内涵、

榕城福村展室

---

[1] 参见《闽山闽水物华新——习近平福建足迹（上）》，福建人民出版社、人民出版社 2022 年版。

第一章 核力赋能，大企担当

竹岭村"两万五千里微缩实景"概念规划

　　创造价值，在践行"创新福核""绿色福核""幸福福核"的同时夯实乡村振兴"闽清样板"，推进农业资源高效利用和生态绿色发展，持续提高福清核电社会美誉度。在福清核电的鼎力帮扶下，竹岭村根据闽清县对东桥镇"南商北旅"的规划，在镇党委、政府的领导下，按照"一张蓝图的两条主线，三个亮点，打造榕城福村"的总体方针逐步推进乡村振兴工作。

　　绘好一张蓝图。编制竹岭村村庄规划（使用福清核电专项捐款，简称"专项捐款"），编制竹岭中兴村党委发展规划（专项捐款），编制"两万五千里微缩实景"概念规划（专项捐款）。其中，"两万五千里微缩实景"概念规划是根据东桥镇文旅乡镇的发展定位，因地制宜、就地取材，通过规划建设一条进山的民生森林步道徐徐展开的。

033

做好两条主线。福清核电在巩固拓展脱贫空间成果及乡村振兴有效衔接方面,围绕"民生""发展"两条主线展开工作:"民生"主线,完成全村自来水管网改造入户工程(专项捐款),解决173户村民多年的用水问题;完成竹岭智慧卫生所建设,实现村民村内体检;建设并获"福州市绿盈乡村""福建省森林村庄"称号,成为福清核电帮扶竹岭村扎实推动乡村振兴生态宜居建设成就的写照。"发展"主线,发展林下经济,完成林果竹林下经济产业园一期工程(种植80亩生态铁皮石斛)建设;完成林果竹品牌山泉水开发、上市;2023年,福清核电捐献慈善资金修建林果竹森林步道一期工程,并提出"两万五千里微缩实景"概念规划。

福清核电在帮扶竹岭村编制发展规划时提出,通过"岭上戴红帽,山中竹缠腰,新村绘蓝图"的总体格局来打造"榕城福村"这张亮丽的"造福工程"名片。通过将产业嵌入生态,将红色融入体验,以休闲运动赋能健康,把竹岭村生态文明战略的经济内涵融入第一、二、三产业,嵌入城乡融合,实现人与自然的和谐统一。

武资农场喂养的鸵鸟

出厂装车的竹岭高山甜笋　　　　　　桂厝坪杜鹃花谷

福清核电领导参加重阳节慰问活动

## 三、提升社会美誉度

2021年7月以来，福清核电在帮扶竹岭村推进乡村振兴过程中，努力提升在闽央企社会美誉度，积极推进邻喜企业建设，获新华网、学习强国、网易、今日头条等各大平台报道15次，《福建新闻联播》、中国核电平台报道各1次，海博TV报道3次，福建广播电视台报道3次，《福州日报》

报道 4 次,《福清新闻联播》《闽清新闻联播》报道 15 次……

## 四、新征程新探索

福建是习近平新时代中国特色社会主义思想以及习近平总书记关于"三农"工作重要论述的重要孕育地和实践地。竹岭村整体搬迁是习近平同志提出的"3820"战略工程中集中体现为农民做实事的案例之一,也是"3820"战略工程成就的具体体现。

对标"3820"战略工程精髓、竹岭村乡村振兴发展规划,福清核电的驻村工作可以说是竹岭村乡村振兴的起点,是万里长征的第一步,后面还有很多工作要做。在省、市、县各级组织部门的正确领导及宣传部门的业务指导下,驻村书记联合社会力量,对该项工作进行深入探索,一方面展示福清核电的政治高度、政治站位,另一方面展示中核集团作为"国之重器"所承担的社会责任。

# 从海南自贸港到乡村振兴：核能绘就新图景

—— 海南核电乡村振兴及定点帮扶成果

　　自贸东风来，琼岛扬帆起。2023年是全面贯彻落实党的二十大精神的开局之年，也是推进海南自由贸易港建设的关键之年。海南核电深入学习贯彻习近平总书记关于实施乡村振兴战略重要讲话精神和中央实施乡村振兴战略的指示意见，聚焦乡村振兴战略，多次下沉基层，围绕产业发展、消费助农、美丽乡村建设、公共设施完善、乡风文明建设等领域开展调研，

乙洞村提水灌溉工程

并从强化组织领导、促进产业发展、促进就业增收、推动公共服务、加强乡村治理、推动典型宣传等多维度开展工作，为加快建设宜居宜业和美黎乡，为全面建设新时代现代化新农村贡献力量。

自 2016 年起，在中核集团的科学指导、中国核电的正确领导及当地政府的大力支持下，海南核电累计投入 700 余万元，选派四任驻村干部，全力支持定点帮扶村，以实际行动践行驻琼央企的社会责任，积极融入地方发展，持续推进帮扶村发展和群众生活改善，激发内生动力，强化民生兜底，推动巩固拓展脱贫攻坚成果取得新成效、乡村振兴工作迈上新台阶，持续助力海南省乡村振兴建设。帮扶点基层党建组织能力持续提升，乡村振兴干部管理严格，有效增强乡村振兴干部队伍战斗力，2022 年邀请海南省委常委、省委统战部部长苗延红参加乙洞村党支部班子组织生活会并为全体党员上党课，鼓舞党员干部工作士气。村"两委"干部带领村民深耕细植，克服干旱，完成早稻种植，确保粮食安全。基础设施不断加强，先后完成农业提水灌溉工程修建、农产品储运配套设施修建、黎族手工艺坊修缮、村民文化广场馆改造、村牌石打造等项目；产业发展不断壮大，激发内生动力，全村冬季瓜菜种植面积突破 1000 亩，农产品"产储运销"流程逐步完善，消费助农初步搭建品牌平台；村民文明意识日益增强，村居环境更加干净整洁，村民参与乡村治理的积极性显著增强。基于多年的共同努力，海南核电乡村振兴工作取得亮眼成绩：乙洞村入选省级乡村振兴示范村，获评海南省和美乡村；海南核电连续 5 年获海南省定点帮扶考核"好"的等级，被海南省委授予"乡村振兴先进派出单位"荣誉称号，派驻干部杨俊辉、岳琼国、李宜君三人先后被海南省委授予"先进个人"荣誉称号。

## 一、加强统筹协调，强化组织领导

公司党委书记挂帅乡村振兴及定点帮扶工作领导小组，立足公司区位优势，中核集团党组成员、中国核电党委成员等领导多次下沉基层开展帮扶调研，同驻村工作队和村"两委"干部共商全村发展。围绕产业发展、消费助农、提升人居环境、完善公共设施、推动乡风文明等领域，对定点帮扶工作的总体思路、目标任务、实现路径等进行决策部署，每年制定《海南核电有限公司年度定点帮扶工作实施方案》。公司工会主席担任定点帮扶工作领导小组办公室主任，分解年度定点帮扶工作任务并列入党委议事日程，驻村干部每月汇报工作进展，协调开展定点帮扶工作，确保各项工作落到实处、取得实效。

中核集团领导赴乙洞村调研

## 二、抓好产业振兴，筑牢发展基石

一是结合自身资源禀赋优势，持续壮大村集体经济。为做大做强全村集体产业，乙洞村结合已建成农业灌溉水塔及完善的供水管网优势，及时

乙洞村朝天椒示范种植基地

启用农业抽蓄灌溉设施,服务群众抗旱,保证早稻丰产丰收。先后建成现代化蔬菜种植大棚、波罗蜜基地、朝天椒示范种植基地,采用"农业科普＋村集体发展＋带动村民"的模式,在基地开展朝天椒育苗培训并免费发放种苗,带动全村发展反季节蔬菜种植,面积突破67公顷,其中40余户村民自主发展17公顷朝天椒产业,全面提升"造血"能力。

二是做好产销对接,开展消费助农。牵线村集体合作社与海南核电基地食堂建立合作关系,对乙洞村产出的蔬菜兜底消费,解决农产品销路不畅问题。在产业发展帮扶方面,积极谋划村集体产业优势种植项目。每年开展"农产品进厨房"团购活动,当地五脚猪、黑山羊、霸王山鸡等特产深受海南核电职工青睐。通过"黎蔬园优选"微信电商平台,在中核集团范围内销售昌江芒果。2021—2023年累计消费助农成交额超过40万元。

三是真帮实干，保驾全村产业发展壮大。针对群众农业生产知识欠缺的状况，积极配合县农业农村局到村举办农村实用技术培训，鼓励党员致富带头人发挥"双带"作用为群众讲解生产经验，提升群众农业生产技术，带动全村脱贫户、监测户种植反季蔬菜。利用海南核电的帮扶资金，采购大棚专用拖拉机、冷链运输车、种子、化肥、农药等物资，用海南省光彩事业促进会捐赠的60万元配套建设面积292平方米的果蔬分拣仓库、冷库和水肥一体池，服务农产品规模化生产、运转。

### 三、抓好人才振兴，激活一池春水

一是加强农村本土人才的培育，优化农业从业人员结构。稳步开展设施农业、果树、农机、畜牧等相关技能培训。截至2023年底，乙洞村全村外出就业务工450人，审批通过第一批务工奖补申请170人，为乡村振兴战略不断注入源头活水，形成人才、资金、产业汇聚的良性循环。

二是围绕特色产业发展，以需引才。落实用地保障、基础设施配套等政策吸引人才返乡创业。

三是筑梦希望学子，助力乡村振兴。为激发黎乡学子上大学、上好大学的信心和决心，树立知识改变命运的思想观念，奠定乡村振兴良好的人才基础，海南核电与乙洞村坚持对考上大学的学子和家庭困难的学生进行资助。

### 四、抓好文化振兴，焕发内生动力

乙洞村有浓厚的黎族文化底蕴，为树立文化自信，提升黎族文化对产业发展的影响力，海南核电与乙洞村通过改造废旧校舍，建立黎族手工艺坊，吸引黎族文化传承人返乡带动村民开展黎族手工艺品制作培训和文化推广，为脱贫户提供30个固定就业岗位，发展织锦艺人200余名、藤编

乙洞村黎族文化手工艺坊

艺人 50 名、黎陶艺人 50 名。

2023 年 1 月，乙洞村在全镇率先开展"积分清单制"活动，组织完善村规民约，推动移风易俗。以乡村治理"积分清单制"为主要抓手，切实强化干部履职尽责意识，激发村民参与乡村治理的热情。连续六年开展寻找"乙洞最美"活动，表彰"最美"，树立全村先进典型，鼓励村民通过自身行动支持村庄人居环境整治、构建和谐乡风，为村庄发展舍小我成就大我。结合"七个倡导"，挖掘先进典型，通过微信公众号等各类媒介进行宣传，着力营造比学赶超、积极向上的新农村氛围，共同绘就新农村幸福和美生活图卷。

## 五、抓好生态振兴，蓄足发展后劲

一是开展人居环境整治，助力文明城市创建。在每周"创文日"，组织驻村工作队、村"两委"、保洁员及脱贫户等开展人居环境整治，同时动员广大群众主动参与，将环境卫生大整治进行到底，形成"村民自觉、全村整洁"的良好氛围，有效杜绝生活垃圾乱扔乱倒、庭院杂物乱堆乱放、村内建筑乱搭乱建等现象。

二是加强基础设施建设，建设美丽乡村。结合海南自贸港建设，以及当地旅游公路修建，开展巷道修补、排水沟盖板安装和水利沟沿沟硬化路穿村段硬化等工作，解决群众出行和人居环境整治难题。实现排污系统全村覆盖，各自然村污水处理站建成并投入使用。

三是持续推进农村"厕所革命"，进一步改善农村生活环境，提高群众生活质量。

## 六、抓好组织振兴，夯实党建根基

一是坚持党建引领，建强一个核心战斗堡垒。以党组织标准化规范化建设为抓手，持续开展农村十星"两委"创建，不断提升基层队伍素质和党组织领导基层社会治理的能力水平。2023年度七叉镇十星"两委"创建评比中，乙洞村蝉联全镇排名第一，继续向创建十星"两委"目标奋斗。

二是持续加强村干部队伍建设，抓好村党组织书记和村"两委"干部轮训。选派公司优秀党员干部认真开展驻村轮换工作，新派驻干部在一个月内完成交接并深入开展工作。

三是深入推进党建引领乡村治理试点创建工作，积极探索党建引领乡村治理新路子，扎实抓好党建引领乡村治理示范村创建。

# "核我一家",绘就乡村振兴新蓝图
## ——三门核电乡村振兴及定点帮扶成果

三门湾畔,海天交接处,一颗璀璨明珠熠熠生辉——三门核电坐落在浙江省台州市三门县健跳镇猫头山半岛,源源不断地向千家万户输送清洁能源。10年间,三门核电赓续辉煌,扛起引领清洁能源产业发展、保障国计民生的使命担当,紧抓碳达峰碳中和背景下的核电发展机遇,核电建设运行业绩屡创新高,先后荣获国家优质工程金奖、全国五一劳动奖状,获评浙江省模范集体。

凡是过往,皆为序章。今天,三门核电正在奔赴一场新时代乡村振兴的远大前程。2021年8月,中共浙江省委组织部、浙江省农业和农村工作领导小组联合发文明确:三门核电结对帮扶台州市三门县健跳镇三核村。三门核电选派陈国荣担任三门核电驻村帮扶组常驻人员,并挂职三门县健跳镇党委副书记。自结对帮扶以来,三门核电以"党建联建/企地共建+消费就业帮扶+低收入户兜底+零碳产业共富"为指导,3年间助力三核村集体经济收入突破100万元,增长4倍,全村农民人均纯收入突破3万元,居三门县前列;消费帮扶总额突破130万元,低收入农户返贫率为零;全村基础设施投资超过1700万元,零碳产业投资超过8600万元,总投资超过1亿元;村容村貌得到极大改善,零碳共富发展成果惠及全体村民;村集体经济做大做强,村民的生活越来越幸福。三门核电2022年、2023

三核村全景

年连续两年获评浙江省山区26县结对帮扶考核优秀单位，在2023年人民企业社会责任荣誉盛典上获得乡村振兴奖。

## 一、搭建党建联建平台，发挥党建引领作用

2022年5月27日，三门核电保卫项前党支部和三核村党支部搭建党建联建平台，签订支部党建联建协议书，把党支部建设融入乡村振兴和结对帮扶中心工作，进一步发挥党建引领和保障作用，持续开展了党支部组织生活、主题党日、党员干部培训、困难党员慰问等一系列党建交流活动。

2023年6月30日，三门县健跳镇党委、三门核电党建工作处党支部、各协作单位三门核电项目部党组织、三门县健跳镇三核村党总支共同签订《"核我一家"党建联建协议书》《农业产业扶持协议书》，成立党建联建联

合委员会,聚焦"零碳示范村"建设,以"抓党建促乡村振兴、推项目促共同富裕"为主线,以组织共建、阵地共创、活动共办、资源共享、产业共富为依托,全力打造央企和地方融合党建新生态,聚力打造"核我一家"党建联建工作品牌。

搭建党建联建平台,发挥党建引领作用

央地共建 同心共富——"核我一家"党建联建

## 二、加大帮扶资金投入，争取政府配套资金

2022年，三门核电帮扶三核村定向捐赠资金150万元，协助三核村争取到政府配套资金360万元；2023年，三门核电计划投入定向捐赠资金150万元，并协助三核村争取政府配套资金预计超过1000万元。2022年，政府配套资金和三门核电资助资金共计470万元用于三核村基础设施建设。其中，150万元用于修建里峤到前墩村道路，240万元用于里峤水库除险加固工程，80万元用于新建三核村办公楼。

2023年，三门核电争取政府配套补贴资金，协调三门核电、中核汇能（浙江）新能源有限公司（简称"中核汇能浙江公司"）资助资金约1400万元用于三核村基础设施建设。其中，157万元用于建设大冲岗荷文化园提升工程、三核村标工程、高天祥艺术馆入口景观提升工程等，均已完工，等待竣工验收；260万元用于打造里峤水库环湖绿道；309万元用于建设三核村智慧农业果蔬大棚；500万元用于开展三核村人居环境整治；100万元用于打造核电科普长廊、廉洁村居文化广场、党建联建阵地等；260万元用于建设公共充电桩、太阳花光伏展示平台，实施整村农户屋顶光伏推进、光伏路灯改造等。

## 三、创建"零碳示范村"，建设美丽乡村

2022年10月25日，浙江省发展和改革委员会正式发文明确：三核村成为浙江省第二批"低（零）碳未来乡村"创建试点村。2023年2月9日，三门核电和三门县人民政府签订《党建联建 共富先行 企地共建"零碳示范村"协议》。三门县委书记陈曦和三门核电党委书记、董事长缪亚民共同担任三核村"零碳示范村"领导小组组长，三门县委常委、常务副县长祁晋和三门核电副总经理杨志明担任副组长，三门县委、县政府7家单位，中核汇能浙江公司和公司4个部门的负责人担任小组成员，协调各方资源，

党建联建 共富先行 企地共建"零碳示范村"签约仪式

三核村"零碳示范村"导视图

推动三核村创建"零碳示范村"各项工作。

根据《三核村零碳示范村规划方案》，实施18兆瓦渔光互补项目、整村屋顶分布式光伏项目、电动汽车公共充电桩建设、全村光伏路灯改造、太阳花光伏展示平台建设等一系列工程，采取光伏入村、商贸进村、农场兴村等措施，通过央企、地方、乡镇、村级联动，打造"诗画大冲、山水里岙、宜居前墩、共富三核"的美丽乡村新画卷，把三核村建设成国内首个核电站周边"零碳示范村"。

### 四、招引产业项目入村，多措并举增加集体收入

招引中核汇能浙江公司投资8600万元在三核村200亩荷塘建设18兆瓦渔光互补项目，在不影响生态甲鱼养殖的前提下，每年可为三核村集体经济带来14.6万元租金收入和15万元光伏项目运行维护托管费用；协调中核汇能一次性投入340万元资金支持三核村建设"零碳示范村"。2023年招引台州秋满园农业公司投资400万元，建设三核村200亩生态荷塘种养植基地，预计可新增本村就业20人。

秋满园产品（部分）

此外，三门核电协助三核村成立三核村经济发展公司，销售当地特色农产品，为三门核电工程、中核汇能三门光伏项目、核电承包商单位等提供建设安装、运行维护、生产生活配套等服务，预计可增加村集体年收入50万元以上，解决本村就业20人以上。三门核电资助三核村发展特色农产品种植产业，协调公司内部出资25万元，并争取20万元政府补贴，共计45万元，用于建设15亩"红美人"柑橘种植大棚，打造精品水果品牌，并协调在公司内部销售。协调公司和承包商食堂、海逸酒店、工会等定向采购三核村农产品，举办两届三核村特色农产品春节购物展，设立核电农产品销售专柜，引导员工积极购买。2021—2023年，三核村农产品在三门核电销售金额超过130万元。三门核电二期项目开工建设带来承包商租房需求井喷，三门核电协调村民出租闲置房屋，2022年全村房屋租金收入约300万元，出租户每家增收约2万元。

三门核电员工在共享农场体验丰收的喜悦

通过发展特色种植养殖业，推动三核村群众致富

## 五、教育、就业全方位帮扶，增强"造血"功能

成立三核村"核电春苗奖学助学基金"，每年5万元，奖励品学兼优学子，资助家庭困难学生，帮助他们完成学业。截至2023年底，共资助8名家庭困难学生、奖励43名成绩优秀学生（含12名大学新生）。协调三门核电团委实施"青春领航计划"，组织青年团员志愿者利用夜间和周末

上门为村里留守学生开展学业辅导共计100余人次,帮助学生们制定成绩提升计划,树立正确的价值观,养成良好的学习习惯。

自结对帮扶以来,共推荐38名三核村村民在三门核电工程项目就业。未来将借三门核电二期工程项目和中核汇能滩涂光伏项目建设亟需大量本地工人的契机,积极组织三核村闲散劳动力到项目上务工,从事建造安装、生产运维、保洁保安等工作,村民们在"家门口"就业,既能照顾好家庭,又能有稳定的收入。

三门核电设立三核村低收入农户帮扶基金10万元,用于扶贫济困,共开展3次慰问活动,给困难家庭送去生活物资和慰问金。将闲置的3.5亩村集体土地开发为核电共享农场,划分为20块,每块地租金每年1000元,农场每年2万元租金全部用于给低收入农户分红。协调中核汇能为全村24户低收入农户免费安装每户3千瓦屋顶光伏,每年1300元电费收入全部归农户所有,可持续分红25年。全村24户低收入家庭年收入都稳定

开展就业帮扶以来,众多三核村村民加入三门核电项目建设

三核村新貌

在9800元，解除了返贫风险。2020年，三核村集体经济收入不足15万元，是三门县集体经济薄弱村；2022年，三核村集体经济收入达61.38万元，较2020年增长3倍多，其中经营性收入达53.27万元；2023年，三核村集体经济收入达109.48万元，较2020年增长6倍，其中经营性收入达64.42万元。

未来，三门核电将继续倾力帮助三核村实现全体村民增收致富，推动村集体经济做大做强、村容村貌不断提升，实现核电与地方融合共赢，为浙江高质量建设共同富裕示范区贡献三门核电力量。

# 打造"产业引领+战略合作"的新能源特色产业帮扶模式

——中核汇能乡村振兴及定点帮扶成果

习近平总书记指出,产业兴旺,是解决农村一切问题的前提。"顺应产业发展规律,立足当地特色资源,拓展乡村多种功能,向广度深度进军,推动乡村产业发展壮大。"[1]"要把产业培育、企业发展同群众就业、乡村振兴、民族团结更好统筹起来,相互促进、相得益彰。"[2]中核汇能认真领会贯彻习近平总书记重要指示精神,坚持绿色发展理念,在集团公司定点帮扶的宁夏同心县,把大力发展"风光电储"等清洁能源产业作为助力地区发展产业的重要突破口,创新打造"产业引领+战略合作"的新能源特色产业帮扶模式,推动产业兴旺发达、农民富裕富足迈出坚实步伐。

---

[1] 习近平:《坚持把解决好"三农"问题作为全党工作重中之重 举全党全社会之力推动乡村振兴》,《求是》2022年第7期。
[2]《习近平在青海考察时强调 坚持以人民为中心深化改革开放 深入推进青藏高原生态保护和高质量发展》,新华网,2021年6月9日,http://www.qstheory.cn/yaowen/2021-06/09/c_1127546695.htm.

## 一、全面统筹、系统谋划：全产业链拓展发展空间

同心县是中国共产党领导下的第一个民族自治政府所在地。这片红色的热土，地处宁夏中部干旱带核心区，是宁夏太阳能资源最丰富的地区，是我国太阳辐射的高能区之一，风力资源也极为丰富。在这里，中核汇能坚持完整准确全面贯彻新发展理念，积极抢抓宁夏新能源综合示范区建设机遇，结合自治区"六新六特六优"产业布局及同心县资源禀赋，主动将同心县的产业振兴纳入集团清洁能源产业发展框架，通过打造"投资拉动+塑链强链+长效帮扶"的产业直投帮扶模式，充分发挥产业链"链长"作用，建设一条完整的涵盖投资、建设、运营、关键元器件生产的清洁能源产业链，在吸纳就业、增加收入、创造税收等方面为同心县作出长效贡献，规划"十四五"期间在同心县完成装机容量超过300万千瓦。

经过近年的不断探索实践，中核汇能在同心县基本形成以清洁能源产业为主体，涉及工业、农业、科技、民生等多个领域，包括新平台、新链条、新业态、新模式、新路径、新空间的"六新一体"产业振兴模式，在助推同心县高质量发展中扮演着越来越重要的角色。中核汇能在同心县清洁能源领域累计投资30亿元，建成新能源装机总量达50万千瓦（含10万千瓦储能），占全县比重超过20%，其中2019年仅用80天建成10万千

同心兴隆风电场

宁夏同心泉眼储能项目

瓦光伏项目，刷新业内建设速度；2021年建成的10万千瓦风电项目是全县唯一并网的项目；2022年建成全区首个大型电网侧储能电站；援建清洁能源产业园区，投入7000万元，引进投资超过1亿元，引进的10吉瓦高效智能逆变器项目、2吉瓦高效光伏组件智能制造项目，满产后为同心县增加产值近20亿元，实现近千人在"家门口"就业，同时带动当地建材、运输、商贸、电力及旅游等产业发展，帮助同心县清洁能源产业链补齐补强，县域工业结构和制造水平明显改善，产生了良好的社会效益、经济效益和生态效益。

## 二、大力协同：共建新平台、搭建新链条、开拓新空间

中核汇能充分认识到，同心县新能源大基地建设必须与上下游产业链协同发展才能有充分的市场竞争力，因此本着"合作互信、携手共赢"的态度，坚持开放合作共赢，吸引更多社会力量扎实推进同心县新能源大基地建设，助力同心县高质量发展。

一是创建同心县清洁能源产业发展新平台。中核汇能坚持"筑巢引凤、共建共赢"，投入0.8亿元建设中核（宁夏）清洁能源产业园一期、二期厂房及办公用房，总面积3.3万平方米。2022年，投资近5000万元的产业园一期建成并投入使用，厂房具备恒温恒湿功能，可以满足光伏组件制造企业生产使用，是全县工业化标准最高的现代化厂房。

二是搭建清洁能源新链条。在自身产业直投基础上，中核汇能积极引进上能电气同心生产基地、英利集团2吉瓦高效智能生产线等新能源新材料产业链龙头企业入驻同心县，有效填补同心县光伏产业链关键环节的空白。2021年，上能电气投资5000万元建成10吉瓦高效智能逆变器生产线并顺利投产，成功实现当年签协议当年投产，截至2023年底，该项目产值超过2亿元，吸纳本地约160名大中专毕业生就业，平均工资约4000元。2022年，英利集团投资5000万元建成年产2吉瓦的高效光伏组件智

能制造项目，全部达产后预计产值可达 15 亿元，可吸纳带动本地约 300 名大中专毕业生就业。为全力支持同心县清洁能源产业链做大做强，中核汇能同心泉眼储能项目的电池由上能电气提供，中核汇能同心县韦州镇 17 万千瓦牧光互补光伏发电项目所需光伏板全部由英利新能源（宁夏）有限公司提供，进一步帮助同心县强化在分布式光伏建造、产业引进、新能源装备制造等方面的优势。

三是以商招商，扩大产业合作新空间。2023 年 3 月，中核汇能 2023 年战略合作伙伴大会暨同心县招商引资大会在同心县成功举办，共吸引中核汇能战略合作伙伴单位、兄弟单位等共 130 余家单位 300 余人参会。大会期间，中核汇能与同心县政府成功签署 2023 年战略合作框架协议，同心县政府与中核汇能的合作企业签署合计 12 亿元的投资意向协议书，进一步延伸清洁能源产业链，赋能宁夏回族自治区新能源产业发展。

中核清洁能源产业园

第一章 核力赋能，大企担当

英利集团 2 吉瓦高效智能生产线

中核汇能为同心县引进的上能电气（宁夏）有限公司生产车间

中核汇能战略合作伙伴大会暨同心县招商引资大会

## 三、创新优化：构建新业态、创建新模式、探索新路径

习近平总书记强调，抓创新就是抓发展，谋创新就是谋未来。中核汇能积极探索低碳节能与乡村建设融合发展的新渠道，以创新方式惠民生。

一是探索新能源制氢、储能业务构建新业态。中核汇能全面落实"六

057

"地热+PVT热电冷清洁三联供"实验项目

位一体"新发展理念，结合宁夏回族自治区绿色发展要求和同心县精细化工园区产业需求，计划投入6亿元，建设集中式光伏及制氢设备，实现新能源、石油两种能源的结合，补齐补强产业链环节。同时，投资4亿元建设同心县首个100兆瓦/200兆瓦时储能电站项目，这是宁夏回族自治区和中核集团的首个并网储能项目，为全区储能项目建设发挥示范作用。

二是创新零碳供暖新模式。为有效解决村民供暖需求，中核汇能全面整合科技创新优势，成功实现"光伏光热一体化功能+地源热泵功能+储能"等多模块技术耦合应用，该模式在旱天岭村的国内首个"地热+PVT热电冷清洁三联供"实验项目中得到验证。投资425万元在旱天岭村实施零碳供暖100户示范项目建设，项目于2021年8月正式启动，2022年1月22日成功实现供暖、并网发电，打破了传统供暖模式壁垒。2022年3月、7月，宁夏回族自治区党委副书记陈雍、副主席王和山先后赴旱天岭村实地考察示范项目，对中核汇能发挥专业技术优势、以科技赋能乡村振兴表示认可和赞许。

三是创新实施零碳供暖与分布式光伏融合发展新路径。为助力同心县旱天岭村创建高质量发展乡村振兴示范村、打造全县首个零碳示范村，中核汇能在旱天岭村投资5000万元建设12兆瓦分布式光伏，预计每年可为村集体带来30万元帮扶经费。将首批6年180万元一次性支付叠加国家供暖补充经费，可解决100户村民零碳供暖设备安装费用，将村民取暖季支出降低至1000元以内，极大提升村民的获得感和幸福感。未来，中核汇能将根据协议分批支付资金，实现零碳供暖全村覆盖，还可以根据全县分布式光伏开发情况，在其他村镇推广实施。

同心模式、同心经验珠玉在前，清洁能源产业在帮扶县的带动帮扶作用得到中核集团党组的高度重视。2022年，在集团党组书记、董事长余剑锋和党组副书记、总经理顾军分别调研定点帮扶的陕西省安康旬阳市、白河县和重庆市石柱县后，中核汇能与旬阳市、石柱县进行多次交流，签订了共计120万千瓦的合作开发框架协议，总投资近80亿元，将采用"农光互补""风光储一体化"等多种开发模式，进一步巩固深化央企帮扶成果，推动企地共建共赢，共同助力国家"碳达峰碳中和"目标落地，为乡村振兴事业源源不断注入清洁能源动力。

# "核"力谱写乡村振兴及定点帮扶新篇章

—— 漳州能源乡村振兴及定点帮扶成果

党的二十大报告对全面推进乡村振兴作出了科学规划和战略部署。习近平总书记指出，强国必先强农，农强方能国强。必须坚持不懈把解决好"三农"问题作为全党工作重中之重，举全党全社会之力全面推进乡村振兴。漳州能源始终坚持以党建引领助推乡村振兴及定点帮扶工作，始终坚持完整准确全面贯彻中核集团、中国核电"三新一高"战略目标，始终坚持党委率先垂范、各有关部门协调配合、各党群基层组织统筹合力的工作方针，心怀"国之大者"，从漳州市诏安县光坪村到漳州市平和县九峰镇黄田村，从驻村"第一书记"林达三到钟德建，坚定不移在规划引领、合力推动、系统治理、技术创新、改革赋能、要素保障等方面求变出新，形成了系列经验，巩固了脱贫成果，为全面推进福建乡村振兴及定点帮扶贡献了"漳州方案"、注入了"中核动力"。

光坪村位于诏安县官陂镇东北部，地处平和、云霄两县交界处。地势东北多高山、西南较平坦，境内有3个水库（山塘）。下辖12个自然村，有耕地1015亩、山地8000多亩，主要产业为青梅、荔枝种植和畜禽养殖。截至2020年11月，整个行政村共有819户，22个村民小组，户籍人口3990人，其中外出人口1520人。光坪村于2014年被确定为扶贫开发建档立卡贫困村，属无集体收入的空壳村。2015年建档立卡共64户179

人，2020年动态调整后为62户232人；2020年村民人均收入15752元，比2017年增长42%。光坪村于2017年退出贫困村，2018年实现贫困户全部脱贫，2019年3月顺利通过福建省退出贫困县第三方评估及实地核查。

黄田村（又名皇田村）位于九峰镇西南角，距镇中心2千米，东与九峰镇相邻，南与福田村、平等村、军溪村接壤，北与福坑村、积垒村、下坪村相望，柏九线、九乐线绕村而过，交通便捷。黄田村作为客家村落，有19个村民小组，1015户4019人，如一颗明珠镶嵌在水土丰沃的闽粤边境。

## 一、党建引领，谱写加强乡村基层治理新篇章

漳州能源党委始终切实承担助力地方乡村振兴和定点帮扶的领导责任，建立专项议事、机动调研、整体协调、资源倾斜的工作推进机制，相继选派林达三和钟德建两名驻村"第一书记"赴光坪村和黄田村助力福建

漳州能源党委书记、董事长吴元明到黄田村开展乡村振兴调研

乡村振兴。5年间，驻村第一书记林达三和钟德建坚持把加强党的领导作为抓好光坪村和黄田村脱贫攻坚及乡村振兴的关键，强化抓党建促乡村振兴，深化"一竿子插到底"基层党组织设置，抓班子、带队伍，筑牢战斗堡垒，高标准执行党建"三会一课"制度，大力实施改造工程，全面开展主题党日、联学联做、结对帮扶等系列活动共计100余次，有力推动农村基层党建全面进步、整体提升。将农村人居环境和办公环境列为"我为群众办实事"内容，纳入村级干部绩效考核，强化奖惩激励。特别是在扫黑除恶及纪委村级巡察等工作中，驻村第一书记林达三和钟德建充分发挥村党组织书记带头作用，引导基层党员干在先、走在前。截至2022年底，形成集体经济实力提升、基层领导班子有力、推进乡村振兴和定点帮扶"核"力强的生动局面。

## 二、以人为本，谱写传递乡村温情温度新篇章

江山就是人民，人民就是江山。为解决光坪村和黄田村人民群众反映最强烈的农村环境脏乱差问题，驻村第一书记林达三和钟德建亲自制定战略目标、战略重点、优先顺序、主攻方向、工作机制、推进方式，明确了责任机制、协调机制、督办机制、激励集中制等工作机制。5年间，光坪村和黄田村环境不断改善、生产条件不断优化、生活环境不断美化、农民生活质量不断提高。截至2021年3月，光坪村争取到各级资金1300多万元，启动教育、民生、村财增收项目建设31个；截至2024年6月底，黄田村多方筹资1200多万元，实施项目18个。此外，漳州能源积极通过乡村振兴研究促进会，对平和县、云霄县等10个县及社会机构分批次定点捐赠578万元，助力自然村乡风文明教育基地改造、道路"白改黑"及青少年就学环境优化等，并联合漳州能源工会、团委开展"华龙伴成长，欢乐庆六一"共建活动和白石村志愿支教活动。

"华龙伴成长，欢乐庆六一"漳州能源&黄田村小学共建活动

漳州能源赴白石村小学开展"六一"活动

漳州能源青年志愿者科普活动

## 三、资源整合，谱写拓展乡村振兴路径新篇章

整合多方优势，壮大农村集体经济。漳州能源充分发挥企业优势，借助地方资源政策，为驻村第一书记提供乡村振兴资源保障。通过支持农村返乡青年交流、成立合作社、探索乡村旅游、开发新能源项目、促销当地应季水果等切实举措，不断助力建设中国式现代化新乡村。截至2022年底，光坪村建成2个总投资53万元、装机容量71千瓦的光伏发电项目，发电近38万度，是首个实现村财稳定的自营性增收项目。合作社注册的"光诏雄鸡""官梅一号""蝴蝶山"等品牌产品，以线上线下结合的销售模式，远销北京、

广东等地，既开拓了市场，又推动了产能，每户每年增收 1000—4000 元，村民们发展青梅种植产业的热情进一步高涨。其中，富硒生态养殖基地吸收 20 名社员参股，集资 20 多万元，养殖 2000 多只五黑鸡，供应漳州能源及各大电商平台。每年 10 月前后是平和县柚子收获的时节，钟德建积极帮助果农销售柚子，发挥中核集团平台优势，让黄田村的优质蜜柚从田间走进核电系统，走进职工之家，在职工食堂和超市销售，拓展销售渠道。针对云霄当地农产品特色特点，漳州能源同时宣传云霄农业文化。

时任中国核电总经理张涛慰问光坪村

## 四、创新发展，谱写激发乡村振兴活力新篇章

创新是一个民族进步的灵魂，是一个国家兴旺发达的不竭动力。漳州能源坚持在乡村振兴上的理论创新、制度创新、科技创新和文化创新。坚持理论创新，深入学习贯彻习近平新时代中国特色社会主义思想，将所思所想所得转化为科学有效的思路方法和政策举措。坚持制度创新，建立助

力乡村发展的微信群，由党员带头，不断完善顶层设计，吸引广大青年回乡实践创业。坚持科技创新，以科技创新推动农村产业大发展，努力构建智慧农业产业，围绕特色农副产品加工、绿色食品制造等精准发力，推动实现产业产能提质增效。坚持文化创新，成立传统古村落工作领导小组，邀请福建省博物院、福州大学的专家学者为黄田村作规划指导，实施古建筑修缮、公共设施配套建设、文化挖掘等保护与开发，立足乡村文化特色、资源优势，打造特色文旅产业，激活乡村振兴内生动力，休闲旅游产业逐步发展。

漳州能源的乡村振兴及定点帮扶工作虽取得了阶段性成果，但今后仍需加以巩固、改善和提升，持续通过扩大帮扶力度，增加投入保障，强化绿色发展理念，挖掘和保护乡村文化特色，不断激活乡村振兴内生动力，为实现农业农村现代化贡献中核力量。

# 党建引领唱响乡村振兴"五部曲"

## ——辽宁核电乡村振兴及定点帮扶成果

民族要复兴，乡村必振兴。辽宁核电坚守初心使命，在公司党委、总经理部领导下，以党建引领助力乡村振兴厚积薄发，打造"辽核样板"。在助力乡村振兴进程中，辽宁核电认真落实辽宁省国资委、中核集团、中国核电等上级单位相关指示要求，建立驻村第一书记长效工作机制，以党建引领夯实组织基础，全面唱响组织建设、产业发展、基础设施、文化建设、为民服务"五部曲"，助力辽宁省锦州市义县九道岭子镇孙柏屯村、辽宁省兴城市碱厂乡朱家村2个帮扶村振兴发展，两地呈现出一派欣欣向荣的景象。

## 一、强化组织建设，定好驻村帮扶"总基调"

"火车跑得快，全靠车头带。"辽宁核电始终将组织建设摆在乡村振兴工作首要位置，指导2名驻村干部不断强化帮扶村支部党建工作，提高村党组织的政治领导力、思想引领力、群众组织力、社会号召力，培养党性强、作风好、纪律严、素质高，富有战斗力的村党员队伍，打造乡村振兴坚实基层战斗堡垒。

驻孙柏屯村第一书记白杨结合支部的实际，确定"做规范、接地气、有特色、见成效"的工作原则，对照县委组织部关于星级堡垒的评定标准，牵头制定"为群众办实事"等18项党建工作制度，形成支部党建工作执行手册，明确责任分工，确保各项工作规范开展；精心准备学习材料，选择与农村基层息息相关的学习内容，并延伸到乡村振兴和农村基层党员的使命上，引导广大党员学思践悟，凝心聚力推进乡村振兴；采用多种方式开展组织生活，让各项活动丰富多彩，比如定期开展"升国旗、聚合力、促振兴"活动、"颂党恩，铸党魂，乡村振兴，我们在路上"活动等，通过一系列特色活动提升支部的凝聚力；将党建工作与村内重点工作深度融合，创建乡村振兴、"三变改革"、人居环境整治、疫情防控等多个共产党员先锋工程，以详细的工作方案指导党员和群众携手并进，共同绘就和美乡村画卷。在驻村近2年的时间中，孙柏屯村党支部发展正式党员1名，培养入党积极分子5名。

驻朱家村第一书记裴海永带领全体党员同志从三会一课、政治生日、主题党日、党务村务研学研讨抓起，常态化组建疫情防控、护林防火党员突击队2支，应急工作队7支，加强村党支部标准化和规范化建设，严格

驻村第一书记在朱家村生态饮用水厂项目现场协调

党的组织生活，加强党员管理教育，带领全村党员带头在自然灾害应急、疫情防控、秋冬防火、贫困帮扶中勇担当、敢冲锋，不断磨炼党性。通过新时代文明实践服务站、民主议事、"蹲地头、坐炕头、暖心头"活动等方式和载体，定期深入街头巷尾，走入村民家中，主动听取并解决群众需求，重点强化青年工作、发展党员，新发展入党积极分子3人，吸收1名优秀干部为预备党员。

不到2年，2个定点帮扶村党支部全部摘掉"党组织软弱涣散"的帽子，孙柏屯村党支部还被义县委组织部评为"五星堡垒"党支部。

## 二、强化产业发展，奏响脱贫群众"致富曲"

在产业振兴方面，辽宁核电因地制宜，结合帮扶村特色优势，发展村集体产业项目，为乡村振兴发展提供"造血"功能，助力困难群众脱贫

朱家村古法榨油坊

朱家村碱厂满族乡冷链仓储中心

致富。

朱家村地处干旱的辽西山区，农业种植单一，主要为花生、玉米，村集体经济薄弱。2021年，辽宁核电为朱家村捐赠14.5万元援建榨油厂项目，并成功争取兴城市乡村振兴专项资金30万元，该项目于2022年完成建设，创新实践"政企民协同共建"模式，以及"党支部+企业+贫困户"的村集体产业经营机制，打造了"北纬41°"农业品牌，壮大了村集体产业动能。该项目每年为全村贫困户带来3万元以上的利润分红，不仅强化了村集体产业"造血"能力，而且为村产业发展蹚出一条康健致富之路。2022年，辽宁核电为朱家村捐赠15万元援建碱厂满族乡冷链仓储中心，并申请乡村振兴衔接专项资金200万元，该项目于2023年7月底建成投运，按照市场预期，每年将为全村脱贫户带来10万元以上的收益分红，解决农村闲置就业人员30人以上，进一步激发农村经济活力，提升"造血"能力。

## 三、强化基础设施，谱写和美乡村"舒适曲"

辽宁核电注重持续完善帮扶村的基础设施建设，努力打造生态宜居乡村，为地方百姓构建和谐舒适的生活环境。

孙柏屯村是义县人口大村，村内道路全长20余千米，230国道穿村而过，往年交通事故多发，遇到雨雪天气，道路泥泞，给村民生活造成诸多不便。辽宁核电党委对此高度重视，于2021年为孙柏屯村捐赠专项资金15万元，用于购置安装46盏太阳能路灯、平整道路5千米、修建8座垃圾投放池、改造1间公共厕所，同时，驻村干部争取政府支持，为孙柏屯村硬化道路3千米，不仅为村民点亮了"回家路"，而且为全村铺好了"致富路"。为了丰富村民的精神文化生活，辽宁核电于2022年捐赠专项资金15万元，支持孙柏屯村建设核协文化广场。

朱家村代屯村民广场　　　　　　　　朱家村民族团结广场

朱家村方面，辽宁核电协助申请兴城市政府专项资金120余万元，实施尚家沟小流域农村人居环境提升工程，建成沿河乡村振兴文化长廊，完成小流域两侧道路硬化、时令草木花卉种植、休闲亭建造等，打造特色乡村休闲生态广场花园；同时，协调资金近百万元完成道路硬化2千米，修建村民文化休闲广场2个，总面积1000平方米，改善村容村貌，提升宜居水平。

第一章 核力赋能,大企担当

尚家沟小流域人居环境提升实施效果

兴城市最美庭院示范街

## 四、强化文化建设,弹好文化教育"交响曲"

扶贫也要扶智,辽宁核电高度重视帮扶村的文化建设和人才培养,以文化引领搞活集体经济,同时持续鼓励农村学子专注学业,助力帮扶村凝聚长久发展的源头活水。

孙柏屯村方面,辽宁核电驻村干部与村"两委"协调当地牧原公司捐资助学,除每年为本村小学生购买书包和文具,还为考入大学的学生提供奖学金,对考入本科院校的学生每人奖励3000元,对考入专科院校的学生每人奖励2000元。2022年,孙柏屯村共有20名考入大学的学生,合计接受奖学金5.5万元。

朱家村方面,辽宁核电将核电文化与朱家村产业发展、乡村文旅规划思路结合,将核电文化、核科普、核电萌宠"徐大宝"落户朱家村,形成主干道文化宣传展板、路灯灯杆旗、文化小公园科普基地、核电"萌宠"

孙柏屯村"聚爱助学"活动

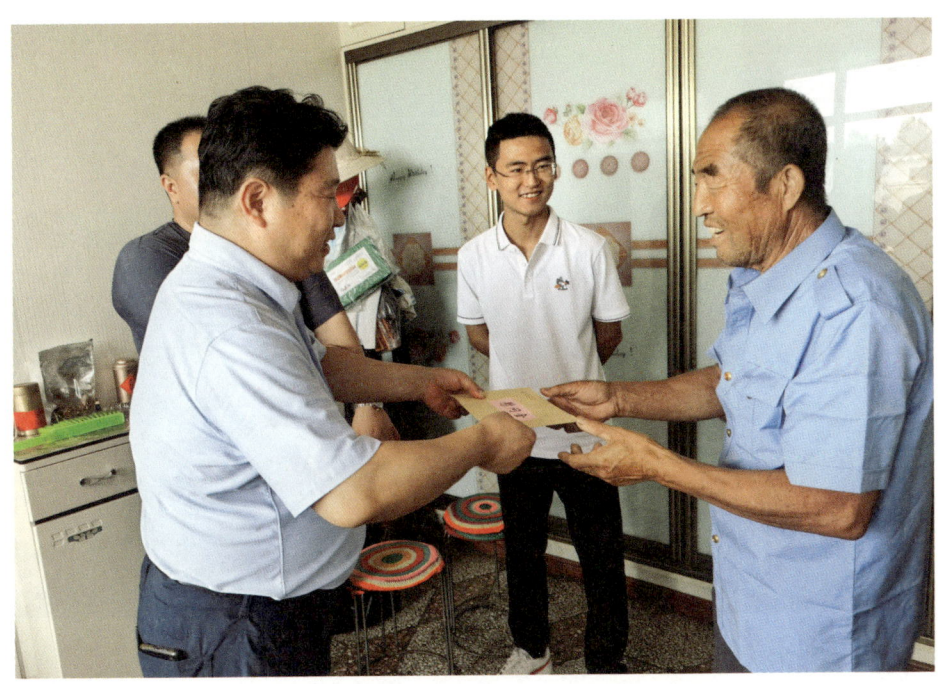

辽宁核电党委书记慰问孙柏屯村困难老党员

打卡地等特色文化景观,为村民了解核能、核电,接触前沿科技发展提供新窗口,助力乡村文化振兴。

## 五、强化为民服务,唱响真情实意"幸福曲"

辽宁核电牢记为人民服务的宗旨,要求驻村工作"蹚地头、坐炕头、暖心头""察民情、体民意、解民忧",有针对性地开展一系列惠民工作。其中,辽宁核电公司领导坚持在节庆时带队慰问2个村的困难老党员和群众,每家送去500元慰问金,合计3.3万元。

孙柏屯村方面,以"为群众办实事"为抓手,建立工作清单,2022年为群众解决24个实际问题,包括为村内高位截瘫残疾人成功申领价值3万余元的高位截瘫行走器,助其实现站立行走的梦想,协调县人民医院、

孙柏屯村开展免费健康体检

何氏眼科到村内为老年人进行免费健康体检和眼科义诊，申请义县专项扶贫项目，为本村23户建档立卡残疾人家庭每家送去3只羊羔，拓宽收入渠道等，获得全村百姓的高度评价。

朱家村方面，充分利用相关政策，对全村5户低保户大病救助对象开展基本合作医疗报销后的二次医疗保险报销，为全村257户脱贫户每户免费提供化肥1袋，花生种子每人75千克，并协调何氏眼科开展义诊，温暖百姓生活。

用行动提升帮扶村的党组织凝聚力和战斗力，用汗水见证村容村貌焕然一新，用真心温暖父老乡亲的日常生活，辽宁核电坚持聚力党建责任落实"常态化"，聚力品牌示范打造"特色化"，着力解决老百姓急难愁盼问题，唱响党建引领"五部曲"，为全面实现乡村振兴守初心、担使命，在乡村振兴的舞台上绽放"魅力核电"之光。

# 奋力拼搏谋幸福，聚力发展促振兴

## ——霞浦核电乡村振兴及定点帮扶成果

汇聚山海灵气的地方，从来不缺风景。穿行闽东沃野乡村，从早春到盛夏，变幻的风景，让人真切感受到霞浦核电助力特色乡村振兴之路的蓬勃脉动。

为有效完成脱贫攻坚成果与乡村振兴工作有效衔接，切实履行央企社会责任，数年来，霞浦核电党委充分发挥示范快堆工程党建联建平台作用，积极搭建多层次、多维度、多渠道的乡村振兴工作体系，鼓励、引导参研参建单位共同参与扶贫帮困和乡村振兴工作，注重政策、资金扶持与激发内生动力、打造长效"造血"功能相结合，做到了出实招、出硬招，实现了真帮扶、真发展。

## 一、布好党建引领棋局，筑牢乡村振兴基层堡垒

组织强，则乡村强；组织兴，则乡村兴。筑牢乡村基层党组织战斗堡垒，是实施好乡村振兴战略"最后一公里"的关键所在。霞浦核电对先后两名驻村干部蔡峰、张银林提出要求，充分发挥驻村第一书记作用，不断强化福建省宁德市霞浦县长溪村、大京村党组织政治功能和组织功能。

一是提高脱贫攻坚和乡村振兴的政治站位。霞浦核电党委坚定履行乡

村振兴的政治责任，组织学习习近平总书记关于精准扶贫的重要论述，聚焦习近平总书记在《摆脱贫困》和2019年给宁德下党乡的回信中对闽东脱贫工作提出的具体要求及殷切期望，夯实党建引领的政治基础，谋划长溪村和大京村乡村振兴工作。在"不忘初心、牢记使命"主题教育期间，公司党委书记、董事长郑砚国前往长溪村扶贫工作一线进行现场办公，专题研究长溪村扶贫工作，对后续发展提出意见建议。中国核电多名时任领导多次赴长溪村和大京村，与驻村干部、村委会成员及村民们共商乡村建设和发展大计。

霞浦核电领导班子与大京村村委干部、乡贤开展座谈

二是优化脱贫攻坚和乡村振兴的工作机制。霞浦核电党委组织召开扶贫帮困专题党委会，听取公司扶贫帮困工作及驻村第一书记工作情况汇报，逐步形成党委负总责、分管领导专责、党支部带动、各部门各司其职、协作单位协同、群团联动的工作机制，用融入式、结对式帮扶等方式，积极带领公司和各参研参建单位各级党组织投入相关工作和活动，在脱贫攻坚、

乡村振兴中贡献关键力量。长溪村党支部与公司调试管理处党支部建立共建关系，大京村党支部与公司党建群工处党支部建立共建关系，定期开展联合主题党日活动，制定致富和振兴发展方案规划。多年来，累计开展主题党日活动8次，驻村第一书记讲党课9次，邀请共建党支部书记讲党课3次，持续推进党建阵地建设多能化，为提升基层党组织战斗力"蓄电赋能"，为绘就乡村振兴的壮美画卷提供坚强组织保障。

## 二、行好产业资源棋势，夯实乡村振兴物质基础

乡村要振兴，产业必先行。霞浦核电将"产业振兴"作为长溪村和大京村发展的重中之重，紧密结合两村乡土资源，补强基础设施薄弱点，站稳因地制宜立足点，展现地域风情闪光点，积极开发农业产业新资源、农村生态新价值，不断激发乡村产业高质量发展的内生动力。

不断完善乡村基础设施，建设新农村新风貌。蔡峰任长溪村驻村第一

霞浦核电驻村第一书记蔡峰与长溪村村民共同探讨农业发展规划

书记期间，带领村"两委"成员有效改善长溪村基础设施和生产生活环境。实施涉及各自然村民生和基础设施建设项目8个，包括村口景观与环境整治、房屋外立面整治、自然村候车亭改造、公厕建设和亮化工程（安装路灯57盏）、饮水工程、道路护坡工程等，极大改善了人居环境，进一步提升了村民的幸福感、归属感。霞浦核电调试管理处党支部、人力资源处党支部前往长溪村开展"共建美好家园"环境治理行动，对村内卫生死角进行集中清扫，在积极营造清洁、卫生的农村环境的同时，用快堆人的一言一行影响和带动村民养成整洁卫生的新农村生活新风尚。

持续开发乡村特色资源，发展新产业新技术。大京村驻村第一书记张银林自上任以后，就开始积极探索大京村的特色产业发展道路，拟定了大京村振兴发展5年规划目标，致力于将大京村打造成环境优美、资源丰富、民风淳朴、安居乐业的示范新农村。协助成立大京村农业专业合作社，建立大京村股份经济合作社，并与企业签订合作协议，促进大京村文创产业规模化经营和观光农业生产发展落地，有力推动土地流转经营。积极引进社会投资，助力多家公司合资成立大京氢能有限公司，引入以氢能源为主的多种新能源开发技术，在大京村实施渔船动力和安全性改造、笔架海岛亮化工程、海洋牧场建设、氢农村建设等项目，想方设法提升村集体自我"造血"能力，助力乡村振兴。

### 三、落好优秀人才棋子，凝聚乡村振兴骨干力量

人才振兴与乡村振兴之间是良性的双向互动关系，乡村振兴，需要一批有情怀、有抱负、有才华的人才接续奋斗，从源头上为乡村振兴注入活水。霞浦核电始终贯彻精准聚才、精确用才、精心留才的原则，为夯实乡村振兴凝集智慧力量。

当好"贴心人"，柔性引才引智。从长溪村到大京村，霞浦核电延续驻村第一书记的优良机制，选派公司内部优秀干部长期驻扎乡村一线，走

在前、做表率,掌握乡村发展的"第一手资料",千方百计为群众办好事、办实事、解难事,在为乡村吹来创新之风的同时,也做好"传帮带"工作。在蔡峰和张银林的号召下,长溪村共19户困难家庭、大京村共10户特困户家庭分别与公司及参建单位各党支部建立对口帮扶关系,年均开展形式多样的助学帮困活动超过50次,就业扶贫、教育扶贫、医疗扶贫等多措并举,成效明显。

勤递"橄榄枝",实现人才回流。一方水土养一方人,一方沃土养一方人才,乡村振兴必须建立一支"土生土长"的人才队伍。张银林担任大京村驻村第一书记期间,积极联系有志乡贤返乡助力乡村振兴,成就了一批扎根农村的"土专家"和农业职业经理人。他们利用大京村境内旅游资源丰富、景点众多的优势,注册"大京文旅"品牌,挖掘城堡文化内涵,开发大京村旅游产品,稳步推进大京村古堡陈列馆项目,致力实现新农村建设与大京村景区建设协调发展共同繁荣的美好前景。

霞浦核电党委书记、董事长郑砚国前往大京村慰问

霞浦核电向大京村捐赠抗疫物资

霞浦核电组织开展"我在乡间有亩田"开耕活动

第一章 核力赋能，大企担当

霞浦核电及各参研参建单位员工体验插秧

霞浦核电组织开展"我在乡间有亩田"开耕活动

2023年霞浦核电组织开展快堆青年"核"你一起过六一活动

霞浦核电志愿者为大京村留守儿童送上礼物与祝福

搭建"大舞台",营造未来良好发展环境。乡村振兴工作离不开各类平台、各方人员的支持,近年来,在示范快堆工程党建联建平台的呼吁下,霞浦核电各参研参建单位在各支部指定对接大京村乡村振兴工作的党务干部,在各类活动中充分发挥了组织号召作用。2022年,组织开展"我在乡间有亩田"开耕活动,解决大京村20亩抛荒地使用困难问题;在"七一"建党节、春节等期间为困难村民送上慰问品和祝福;在儿童节期间特邀大京村34名留守儿童和贫困儿童到公司开展"快堆青年'核'你一起过六一"活动,带领孩子们参观宣传展示中心,赠送世界地图、水杯、文具等各类物品,度过充满知识和趣味的"六一"儿童节,为乡村下一代的健康成长提供帮助。

蓝图在手,重任在肩。霞浦核电以"勇担重任、敢打硬仗、大力协同、精忠报国"为誓言,不断推动国家快堆事业发展,这样的誓言同样在乡村振兴工作的点滴中得到印证。

未来,霞浦核电将始终紧扣"守底线、抓发展、促振兴"的工作主线,抓统筹强保障、抓监测防返贫、抓三业稳增收、抓示范带全局,明责在心、扛责在肩,不折不扣完成好既定目标任务,让快堆人的精神在产业兴旺、生态宜居、乡风文明、治理有效、生活富裕的乡村振兴美丽画卷上熠熠生辉。

# 第二章
# 核力奉献，干群情深

扑下身子沉下心，扎根一线促振兴

# 决不做"流水的兵"

## ——记白鹤村驻村第一书记方旭

驻村队员,又称"驻村干部",是上级(省、市、区、县、乡镇)党委政府派驻到乡村(行政村、自然村)帮助乡村开展行政工作的干部。

自中华人民共和国成立以来,各个时期都有驻村干部。从脱贫攻坚到乡村振兴,驻村干部人数更多,工作力度更大。

驻村干部在乡村工作,少则一两年,多则三五年,就像镇守营盘的士兵,也像从大山深处流淌而来的小溪,源源不断,又匆匆离去。唯有乡村,像营盘一样,巍然屹立。

镇守营盘的士兵离开了,溪流奔涌而过,不留下任何痕迹。奋斗在乡村振兴建设前沿阵地的驻村队员呢?

重庆市石柱土家族自治县(简称"石柱县")下路街道白鹤村驻村第一书记方旭如此回答:"我这个驻村'第一书记',以及我们这一届驻村队员,决不做'流水的兵'!"

白鹤村驻村第一书记方旭访贫问苦

## 核电专家改行

  白鹤村,顾名思义,就是白鹤飞翔、栖息的村庄。地处渝东方斗山麓、龙河之滨的白鹤村,因年年有白鹤飞翔、栖息而得名。白鹤村的土家人认为,白鹤是吉祥鸟,能给人们带来吉祥如意的幸福生活。

  2021年春夏,照例有一只只洁白、美丽的白鹤飞往白鹤村的绿水青山。与此同时,能给百姓带来吉祥如意幸福生活的驻村工作队开始换届,一个又一个驻村队员,也像白鹤一样陆续飞到白鹤村。新一届驻村队员以年轻人为主,领队名叫方旭,一个高大魁梧、沉稳持重、文质彬彬、精明能干的小伙子。方旭,秦山核电运行高级工程师,浙江大学电气学院电气工程及自动化专业毕业,2004年8月开始从事核电运行技术工作,2010年6月加入中国共产党。2021年夏天,对口帮扶石柱县26年、定点帮扶白鹤

村等4个石柱县乡村将近6年的中核集团决定,将中核集团秦山核电运行一处副处长方旭派往石柱县,担任下路街道白鹤村驻村第一书记兼队长,任期2年,同时兼管中核集团帮扶石柱县城乡建设项目的对接、跟踪、巡回检查等工作。

方旭肩负着中核集团打造石柱县乡村振兴第一村的使命,从东海之滨的浙江省海盐县出发,来到渝东石柱县与丰都县交界处的白鹤村,"改行"做农村工作,开始"吃在村里、住在村里、工作在村里"。

走进白鹤村,方旭感到十分震惊。白鹤村这只"白鹤",简直就是"白鹤"中的"巨无霸"!白鹤村由6个自然村(土家山寨)、数百座土家院落(吊脚楼院子)组成,位于下路街道东南部,与丰都县江池镇接壤,距离石柱县城20千米、下路街道驻地15千米、石柱金樟工业园区10千米,海拔600—1200米,面积19.8平方千米,耕地面积3.2平方千米,辖6个村民小组,户籍人口1000多户3600余人(以土家族为主),其中常住(留守)人口800多人,是下路街道和石柱县规模最大的行政村,面积和户籍人口相当于县境内规模最小的行政乡。

白鹤村村名吉祥,村里山清水秀,民风淳朴,经过前三届驻村工作队的辛勤帮扶,土家人的生活水平有了很大程度的提高,但仍不尽如人意。年轻力壮的村民大都外出打工,留在村里的几乎全是老弱病残。农户收入普遍较低,村集体经济收入为零,全村原有117户428名脱贫摘帽人口中,有防止返贫监测对象3户5人、低保户64户110人、五保户5户5人。

自脱贫攻坚以来,白鹤村的驻村工作队换了四届(每两年换一届)。到方旭这一届,已是第四任驻村第一书记。方旭认定,自己这个驻村第一书记,决不做"流水的兵",一定要给白鹤村留下一些有价值和意义的东西,否则,对不起中核集团和石柱县的信任,对不起自己奔赴乡村振兴战场造福一方的初衷。

方旭明白,自己没有农村工作经历和经验,要当好一个特大行政村的驻村第一书记,谈何容易。但他坚信,第一个担任驻村第一书记的共产党员，之前也不一定有相关的经验，第一个做农村工作的人，也未必就有农村工作的经历，只要勤奋学习、认真思考、积极行动，就一定能够胜任这份工作。

山楂大院改造升级前后

## 无人机来了

方旭作为核电运行专业的高级工程师，是高技能、高收入群体的代表。他通过走村串户访贫问苦、调解矛盾纠纷等方式，与群众打成一片；通过狠抓党风廉政建设，发挥党员干部队伍的模范带头作用；通过争取项目、引进资金、发展壮大支柱产业和骨干企业，为村民和村集体创造经济效益……这些都属于"必知必会"的操作或者"常规化操作"。对于这样一些"常规化操作"，方旭虽称不上驾轻就熟，但他虚心好学，边做边学，边学边做，常有奇思妙想，发明了一些极具实操性的"非常规化操作"。比如，将微型无人驾驶飞机作为驻村工作的工具，引起了广大村民的浓厚兴趣。

方旭刚到白鹤村时，发现这个村的范围实在太大了，幅员和人口都是其他行政村的2—3倍，去农户、田野、山林走访察看了解民情村情，相当耗费时间、精力和体力。他想，如此巨大的范围，要经常深入各个村组的农户、田野、山林走访，很难做到。怎样才能节省一些时间、精力和体力，提高工作效率呢？他想到了微型无人驾驶飞机，于是从浙江老家背来了微型无人驾驶飞机。

从那以后，无人机成了方旭室外工作的随身之宝，他走到哪里，就将无人机背到哪里。他在许多工作中用到无人机。比如，用无人机巡回检查，查看灾情险情，巡山巡河，对乡村振兴项目进行拍照跟踪，以便对比分析各个阶段的进展情况……

在石柱县，方旭是第一个使用微型无人驾驶飞机辅助工作的驻村第一书记。方旭在中核集团帮扶石柱县城乡建设项目的对接、跟踪、巡回检查、对比分析等工作中使用微型无人驾驶飞机，极大地提高了工作效率。微型无人驾驶飞机成为方旭驻村工作的好帮手。

## 化解矛盾纠纷

原以为,做驻村第一书记,只要带领驻村工作队及村"两委"狠抓乡村振兴工作就可以,没想到还要面对不少矛盾和纠纷。

乡村里的矛盾纠纷,有村民之间的,有村民与村干部之间的,有村民与各部门之间的,有村民与土地承包经营客商之间的,大多是鸡毛蒜皮的小矛盾小纠纷。这些小矛盾小纠纷往往很难分辨出绝对的对错,解决起来比较棘手。

方旭十分注重深入群众,与群众打成一片,在工作中总是尽量避免引起矛盾和纠纷,在调解矛盾纠纷时则坚持客观公正的原则,尽量做到大事化小、小事化了,不激化矛盾和纠纷。

方旭到白鹤村不久,为村里争取到一笔资金,让村委会负责在村内行人车辆较多的公路边安装了数十盏路灯,让深山古寨夜间也有路灯照明,这本是一件方便农民的好事,没想到,好事竟然引起了矛盾和纠纷。

原来,村委会安装路灯是每50米路段安1盏,因此有个别村民家没能安上路灯,村民就以自家公路边没有路灯而别人家附近却有路灯为由,认为村委会的安排"不公平、不合理",多次与村干部争论,最后争论到驻村第一书记的办公室里。

"这事,并不是村委会安排不公平、不合理,而是村里资金有限,也怪我为白鹤村争取的资金太少了。"方旭了解情况之后,明确表态,"等到年底村集体有了经济收入,村里买几盏路灯和路灯杆放在村委会的仓库里,哪一段公路确实需要安路灯,安装上就是了。"到年底,村集体有了收入,果然买了几盏灯和灯杆,并为确实需要路灯照明的路段安上了灯。纠纷就这样迎刃而解。

及时化解矛盾纠纷,保证矛盾纠纷不激化、不恶化,尽快就地解决,为乡村振兴营造了和谐、安定的社会环境。

## 消费帮扶

如何帮助村集体和村民增加收入，以充实村集体的"金库"和村民的腰包，是每一名驻村第一书记的必修课。在这方面，方旭见解独到，办法多多。他驻村以后，白鹤村集体经济年收入从零迅速增长到80万元，绝不是偶然。

消费帮扶，是方旭为村集体增加收入的妙招之一。白鹤村是中核集团定点帮扶的单位。国有企业职工生活消费本身就是一块巨大的"蛋糕"。作为中核集团定点帮扶单位的白鹤村，也可以从集团职工生活消费的"蛋糕"中分到一块"蛋糕"。白鹤村水质好、土壤好、环境好，土特产品（蔬菜、水果等）绿色、环保、无公害，味道鲜美，营养价值高，适合推荐给集团职工，由此敲开消费帮扶的门。

于是，方旭与集团相关方面联系。双方一拍即合，达成共识：由白鹤村在本村或者附近村组定期收集优质新鲜、绿色环保的农副土特产品，供中核集团职工选购。

2022年9月—2023年3月，中核集团职工就购买了价值450万元左右的白鹤村农副土特产品，30万元的纯收入进了白鹤村集体经济的"金库"。

## 乡村振兴规划

自2015年开始脱贫攻坚以来，白鹤村换了四届驻村第一书记和队长。历届驻村干部工作思路各不相同，具体工作措施也不相同，加之村里一直没有切实可行的近期、远期发展规划，导致发展思路一致性不强，难以贯穿始终，无法在长期帮扶中形成合力。

方旭一开始就注意到这个问题，所以一上任就提出了两条工作思路：一是自己任期内的事情办好，不留尾巴，为下一任驻村第一书记创造良好条件；二是务必拿出一个可行的中长期规划，指导白鹤村未来几年的发展，确保帮扶思路的一贯性。为此，从2021年底开始，方旭着手推动白鹤村乡村振兴发展规划的制定工作。

制定乡村发展规划，是一项复杂工程。全村近期、远期发展思路要反复推敲，既要结合石柱县及下路街道的发展定位，又要保留白鹤村自身的特点，同时还要融入中核集团帮扶的元素，每一个决策都要慎之又慎。各方面的数据、图、表、文字资料要广泛搜集，形成意见后再报给集团和县、街道党委政府审核……为了规划得详细、合理、规范，村里特地邀请重庆交通大学合作，强强联手，共同编写规划。

2022年6月，白鹤村历史上第一部乡村发展规划《石柱县下路街道白鹤村巩固拓展脱贫攻坚成果同全面推进乡村振兴有效衔接暨综合保障提升专项规划》经中核集团及石柱县、下路街道党委政府确认通过。规划稿长达234页，由"白鹤村旅游发展现状研究""白鹤村农文旅融合发展策略研究""白鹤村空间布局规划研究""白鹤村专项规划设计""白鹤村运营与建设分析"5个部分组成，资料翔实、图文并茂、通俗易懂，明确规划白鹤村今后5年的发展思路。

该规划的推出和实施，为白鹤村的乡村振兴制定了详细具体、切实可行的方案，也为下一届驻村工作队提供了明确的工作思路。

## 争取项目与资金

乡村的发展、振兴需要项目和资金。争取资金和项目，是驻村第一书记工作的重要环节。

白鹤村在体量上虽是行政村中的"庞然大物"，却"身无分文"，没有资金，乡村振兴举步维艰。白鹤村属于大型国企的定点帮扶单位，不属于上级党委政府帮扶资金的倾斜扶持对象。白鹤村发展振兴的资金，主要靠向中核集团争取。但中核集团定点帮扶单位不少，要从集团争取资金，也

颇不容易。

地处白鹤村白鹤组中心腹地的山楂大院，是原定点帮扶开发的民宿工程，方旭到任时，山楂大院正在试营业，由于地理位置欠佳，民宿本身及周围基础设施较差，吸引的客人不多。年底结算发现，营业收入"除了锅粑没有饭"，只能保证不亏损。村"两委"反复研究、论证后决定，先对民宿设施及周围环境进行改造升级，然后实行专业团队承包经营，保证营业收入和盈利。初步测算，民宿设施及周围环境改造升级，需要250万元。

项目在街道和县上很快通过审批。但是，资金从哪里来呢？方旭多方争取，终于征得中核集团拨付250万元专项资金，民宿改造升级工程启动。

2022年，白鹤村争取到在横梁建亲子民宿的项目，估算需要资金1200万元，方旭考虑到资金争取的难度，提出将项目工程造价压缩到800万元。

接下来的资金争取又是一个漫长而艰巨的过程。最后，方旭向中核集团争取到500万元专项扶持资金，通过其他渠道又争取到300万元资金，保证工程建设如期开工。方旭任驻村第一书记不到2年，共为白鹤村争取乡村振兴工程3个大项目（山楂大院改造升级、横梁亲子民宿、光伏电厂）、数个小项目。这些项目都是连同资金一并争取到位。3个大项目全部建成投产后，每年可为村集体增加收入近百万元。

不到2年，方旭就为白鹤村争取到各类扶持资金1000多万元。这些资金在白鹤村发展种植、养殖、加工、旅游等产业方面发挥了重要作用。例如，2022年，全村全年发展扶贫产业，种植皱皮木瓜820亩，带动241个农户增收；种植翠红李200亩，带动15个农户增收；种植前胡400亩，带动95个农户增收；种植辣椒162亩，带动42个农户增收；种植草莓41亩，带动32个农户增收。

白鹤村党支部书记刘海云介绍：白鹤村白鹤组村民郎卫兵饲养山羊100多头、母猪4头、土鸡100多只，流转承包土地100多亩搞种植业，年纯收入在20万元以上；桃阳组村民张正群发展山羊、蜜蜂和辣椒产业，年纯收入15万元;竹园组村民张虎成年种植、养殖纯收入超过10万元。

如今的白鹤村,像这样年收入超过10万元的农户不在少数,个别小组甚至比比皆是。

当然,白鹤村取得的这些农业发展成就,有方旭引导、发动、帮助的功劳,他争取到的资金与项目可以说至关重要。

在方旭和全体驻村队员的辛勤帮扶下,白鹤村的乡村振兴工作如火如荼地开展,可谓好戏连台、高潮迭起,一年更比一年强。

白鹤村是"铁打的营盘",但方旭和驻村队员们绝不是"流水的兵",更不是匆匆过客,而是白鹤村的建设者。他们离开时,留下的会是日益美丽、富强的乡村,生活越来越幸福的村民,以及一个又一个驻村帮扶的故事。

# 结"秦进"之好，谱共富之曲

## ——记省派进士村第一书记桂馨宇

进士村位于浙江省温州市平阳县西部山区。清嘉庆二十五年（1820年），村民郑氏林郎得中进士，该村因此得名。进士村群山连绵，平均海拔500米，由8个自然村组成。村户籍人口1710人，常住人口300多人，基本都是孤寡老人、空巢老人，其中五保户22户，低保户27户，低保边缘户11户。进士村是纯农业村，但村内耕地等农业资源长期无人管理，基本处于抛荒闲置状态。进士村也是革命老区村，1936—1941年，村中4

桂馨宇在茶园采茶

名共产党员在对敌斗争中牺牲。进士村还是一个经济薄弱村，村内留守人员大多从事种植业和养殖业。2019 年之前，村集体经济主要依靠政府补助，无稳定收入来源。村经营性收入多年来均接近于零。

2018—2025 年，秦山核电结对帮扶浙江省温州市平阳县顺溪镇进士村。2018 年末，秦山核电成立结对帮扶工作组，桂馨宇作为工作组的常驻人员，用心用情开展帮扶工作，成为"秦进"之好的参与者和见证者。

自 2021 年派驻进士村以来，桂馨宇就不停地在思考：在这片高山热土上，该用怎样的方式讲好共同富裕的故事，演绎乡村振兴发展的脉动，让村民真真切切地感受到省派第一书记带来的变化。"全力以赴，让群众安心；完成使命，让组织放心。"这是秦山核电挂职顺溪镇党委副书记、进士村第一书记桂馨宇就怎样才是一名合格的第一书记，给出的答案。

### 基础提升，让居民的心暖起来

山高路远、村居分散是进士村给人的第一印象。刚到进士村那会儿，秦山核电结对帮扶工作组就围绕村情民情与村"两委"进行细致的交流，并深入村民家中开展走访调研。"让老百姓满意是评价我们工作的硬标准，解决村民最直接最关心的现实问题是我们首要考虑的事。"这是工作组常挂在嘴边的一句话。了解到陈大洋、靛厂、潘山等自然村部分主干道无路灯，部分路灯线路拉设不规范，用电不稳定，存在居民夜间行走照明不足等安全隐患的实际情况，工作组决定实施路灯改造帮扶项目。由于年久失修、山区村落分散、现有线路凌乱交织等实际问题，项目前期工作并不容易。随后一个月，工作组协同村"两委"逐户选点并重新梳理，优化线路布置方案，编制项目实施标准，并通过村内招标的形式选定项目施工方。经过近 2 个月的施工，更换破旧路灯 34 盏，新建 6 支太阳能路灯及 32 支 LED 路灯，整改用电线路约 6000 米。项目实施效果得到村民啧啧称赞。

如今，进士村的灯亮了、路亮了，村民的心也跟着亮了起来。

## 村企结对,让村民腰包鼓起来

产业兴旺是乡村振兴的推动力。打造进士村核心产业项目一直是秦山核电结对帮扶工作组的重点任务。2019 年 7 月,进士村成立核进农业开发有限公司(简称"核进开发公司"),取"合力进取、共谋发展"之意。进士村建立"党支部+村集体+村办企业+低收入农户"的经营发展模式,通过集中下单、统一收购,吸纳村民参与生产,将村内农产品及闲散劳动力等点状资源串联成线。秦山核电在助力核进公司拓展本地销售市场的同

进士村茶叶丰收

时，结合本单位需求，对核进开发公司优质产品进行集中采购，通过消费帮扶带动村集体及低收入农户增收。核进公司成立至今，向秦山核电完成4批次专项扶贫产品供应，直接为村集体增收50余万元。

2019年起，秦山核电先后投入资金200余万元，将进士村闲置的180亩山地进行改造，打造成禾进茶园，让村集体拥有稳定的收入来源。"2023年茶园第一茬绿茶顺利产出，总计有近500千克，未来，茶园每年的茶产量有望增长到1000—1500千克。"桂馨宇介绍。禾进茶园带给进士村的不只是茶叶销售利润，秦山核电每年还出资20万元，将茶园的日常管理交给进士村村民负责承包。90后雷步计就是其中之一。

每天一大早，禾进茶园里总能看到雷步计和他的父母，还有不少村民忙碌的身影。他们忙着采茶青、锄草。雷步计对这份工作很满意："每年在这里有十五六万元收入，是原先在外打工收入的好几倍。"

"靠山吃山"，对进士村这个高山村而言，无疑是最好的"造血"方式。除了禾进茶园，秦山核电给进士村打造的"造血"项目还有屋顶光伏发电。秦山核电先后投入资金90万元，建起3处光伏发电项目，装机总量达到70余千瓦。桂馨宇表示，屋顶光伏发电项目让进士村每年有固定的收益，按目前发电量计算，每年村集体可获得5万元左右的分红。

物质富足了，精神富裕也要及时跟上。针对进士村日常休闲活动匮乏的实际，秦山核电又出资近150万元，打造一处座文化礼堂，集书画室、农家书屋、春泥活动室、大型会议活动室于一体。"逢年过节，我们会邀请一些文艺团体来村里演出，有时候连演三天，可把村民高兴坏了。"桂馨宇笑着说。

**提档升级，让共富工坊再扩容**

乡村要发展，产业是基础。桂馨宇又结合进士村资源禀赋，规划发展路径，帮助村里携手秦山核电成立平阳县核进农业有限公司（简称"核进

进士村村民直播带货

公司"),统一收购农产品,再打包销售。

桂馨宇介绍,几年前,秦山核电结对进士村时,就秉持"帮户扶村、联乡带县"的理念开展结对扶贫,进士村的经济状况得到改善后,秦山核电又考虑带动顺溪镇22个行政村朝共同富裕目标迈进。

2022年3月,秦山核电着手对核进公司进行升级:股东不再只有进士村一家,顺溪镇其他21个行政村一起牵手入股。"顺溪镇有丰富的特色农产品,黄年糕、山茶油、笋干、高山茶、高山土蜂蜜、溪鱼干等都独具特色,我们要将这些优质的特色农产品推向全国市场,让当地村民和村集体都能增收。"桂馨宇说。

同时,为了更好地开展市场化运营,桂馨宇又牵头引入当地一家旅游文化发展公司入驻核进公司当起管家,并先后注册了"核进""禾进""顺溪优选"等3个商标，并打造形成"线上+线下"的农产品展销平台顺溪镇核进共富工坊，统一展示和销售当地黄年糕、山茶油等农产品，还入驻各类电商平台，开启线上销售。有时候，桂馨宇也亲自上阵直播带货，一场直播下来能有数万元的销售收入。"乡亲们的货品质量好，直播间越来越火了，相信我们慢慢坚持下去，一定会有更大的销路，可以为乡亲们创造更多的收入。"

经过几年的帮扶，进士村经济面貌得到巨大改观。截至2023年底，核进公司销售金额超过400万元，推动进士村集体经济增收80余万元，带动该村低收入农户户均增收近4000元。秦山核电获评浙江省2022年度山区26县结对帮扶考评优秀单位，桂馨宇连续三年荣获浙江省委组织部年度考核优秀等次。

# "瓜贩书记"

## ——记吴赵村驻村第一书记陈冬雷

吴赵村驻村第一书记陈冬雷

连云港市灌云县吴赵村第一书记陈冬雷，是江苏核电选派驻村的乡村振兴帮扶干部。从核电运行倒班现操班长到驻村第一书记，陈冬雷深知使命光荣、责任重大。一进村，他就到田间地头和村民家中走访摸排、交流沟通，了解村民所需所想，用4个月时间走遍了全村。他经常和村"两委"班子成员讨论致富发展方法，很快融入了新岗位、新角色。

## 从冬瓜到西瓜,化身"瓜贩书记"

陈冬雷书记为人热情和善,人缘很好,同事们亲切地叫他"冬瓜",没想到他真的跟"瓜"结缘了。

2020年5月,经陈冬雷和村干部调研分析、集思广益,吴赵村决定发展生态温室蔬菜大棚产业,随后开始推进大棚用地的土地流转。有个别村民认为大棚产业有风险,不太理解,不太支持,陈冬雷和村干部逐户上门解释协商,提出以地换地、支付租金等,最终取得村民支持,解决了第一项难题——用地问题。接下来紧锣密鼓开始工程建设招投标和施工建设。由于中标施工方人手不足和天气等客观情况,工程不断延期。陈冬雷心急如焚,大棚早一天投产就能早一天赚钱,乡村振兴一刻拖不得!寒冬腊月,陈冬雷冒着寒风天天在现场穿梭,当场协调解决问题。终于,2021年3月,吴赵村村集体第一个产业项目——生态温室蔬菜大棚完工交付使用。

陈冬雷察看生态温室蔬菜大棚建设

考虑到吴赵村运营经验不足，为稳妥起见，并借鉴周边大棚种植经验，村集体决定先种植一茬西瓜试试水，于是大棚里第一时间种上了西瓜苗。在大家的悉心照料下，西瓜长势喜人，7月第一批西瓜就可以成熟上市，当时预计产量在4万斤以上。然而，当村干部开始联系收购市场时，受疫情影响，商家要么推托为难，要么给价太低。眼看着西瓜一天比一天大，再不采摘售卖，前期投入就全浪费了，村干部急得团团转，电话打了无数通，最后一统计，销量才2000斤左右。眼见村干部迟迟找不到市场，陈冬雷回到江苏核电，向公司汇报情况并寻求帮助。在江苏核电党委的支持下，通过提供餐后水果、发动田湾核电基地参建单位采购等形式，吴赵村的首批西瓜被"包圆"了，吴赵村获得销售收入9万元，乡村振兴取得开门红。销售过程中，从摘瓜、称重、装车，到分配、卸货，陈冬雷忙里忙外，如此强大的销售能力，让他被称为"瓜贩书记"。

"瓜贩书记"卖瓜拿手，帮助村集体赚钱的能力也强。为提升村集体收入，结合镇里的工业发展需要，陈冬雷与吴赵村以帮扶资金入股镇帮扶厂房，每年能给村里带来8万元的租金收益，还能招引企业入驻、创造就业岗位。2020年底，江苏省下拨一笔针对经济薄弱村的专项帮扶资金，陈冬雷获悉后非常重视，多次到相关部门积极汇报，最终为吴赵村争取到一笔专项资金，每年能为村集体带来10万元的固定分红。

村集体有了收入，就有了乡村振兴的基础。这下，陈冬雷书记的心里有底了。

## 提升民生设施，做吴赵村的带路人

有了效益良好的产业，陈冬雷开始关注吴赵村的基础设施条件。吴赵村党群服务中心于2015年建成，随着时间的推移，一楼房屋出现破损，村里缺少资金来进行维修，村委就将办公地点转移到二楼。陈冬雷看到村里的老人费了半天劲才爬到二楼，心里很不是滋味，下定决心要改善党群服务中心的条件,让老百姓到村委办事更方便。经与村干部到其他地方学习先进经验,确定用改变格局、重新修缮的方式帮助吴赵村提升党群服务中心。提升后的党群服务中心宽敞明亮,办公设施配置齐全,村民在一楼办事大厅就可以办事,村里开会议事有了崭新的会议室,电视、投影等设备一应俱全,还设置了阅览室和棋牌室,给村民们提供了精神文化活动场所。村民们可以来休闲娱乐,孩子们可以来看书、下棋,党群服务中心真正成了村民们爱去的地方。

吴赵村内多条道路缺少路灯,村民夜晚出行安全无法保证,因缺少资金,问题一直未能解决。陈冬雷与村干部积极谋划,帮助吴赵村新装太阳能路灯175盏,村内所有干道全覆盖,吴赵村的夜终于明亮起来,村民的心也明亮起来。

修缮后的吴赵村党群服务中心

2021年7月,疫情暴发。了解到吴赵村防疫物资不足,陈冬雷第一时间向江苏核电党委汇报,从公司的疫情物资储备库中协调到口罩6000副、消毒液150瓶,以及防护服、电子测温仪等防疫物资,及时送到村里,助力地方抗疫。同时,陈冬雷冲锋在抗疫第一线。7月,天气炎热,陈冬雷

站岗第一天,连遮阳设备都没有配齐,硬是在烈日下站了一整天。高温时节,他坚持执勤 40 天,每天都汗流浃背地执勤到深夜,认真负责地对经过卡点的人员进行检查,给村里的疫情防控工作树立了榜样。

**帮扶困难群体,做村民的暖心人**

江苏核电党委强调,要重点关注特困群体,让帮扶成果更多惠及需要帮助的人,陈冬雷时刻牢记这个要求。随着工作的深入,陈冬雷了解到村民张玉仁家生活条件困难。张玉仁 96 岁,是参加过抗美援朝的老战士,儿子 60 多岁,体弱多病,儿媳 50 岁,身体残疾,孙女上高三,成绩优秀,但全家收入一个月仅有张玉仁的老兵补贴 2000 多元,家里虽有几亩地,但由于没有壮劳力,收成少,且无其他副业收入。孙女现阶段学业开销较大,未来若考上大学,家庭负担会越来越重。为帮助这户困难家庭,陈冬雷联系江苏核电运行一处党总支寻求帮助。2020 年 8 月 5 日,江苏核电运行一处运行二值党支部给张玉仁家捐赠 1000 元教育帮扶资金及一批生活学习用品,并签署长期教育帮扶协议,同时还资助了村里另两名困难学子。

村民吴连生的情况也一直被陈冬雷记挂着。吴连生 68 岁,9 岁时患小儿麻痹症,丧失劳动能力,生活无法自理,由弟弟两口子照顾。他住的房子大梁变形开裂、屋顶漏雨,窗户由几块木板和塑料纸遮挡,四处漏风。陈冬雷向江苏核电党委汇报情况并争取到额外资金。2021 年 5 月,吴连生家的房屋修缮正式启动。屋顶更换、门窗安装、墙体粉刷、床柜被褥置换,经 20 天施工,6 月,吴连生住进修缮一新的房子,他激动地说:"感谢党!感谢江苏核电!"

村内留守老人多,且多数身体不好,陈冬雷联系医院到村里给老人免费体检,还同医院多次协商,给村民赠送常用药品,减轻了老人们购买药品的负担。寒流来袭,有困难群众缺乏保暖设施,陈冬雷自掏腰包为其购买电热毯;了解到四队镇缺少办公电脑,陈冬雷联系公司捐赠 60 台办公

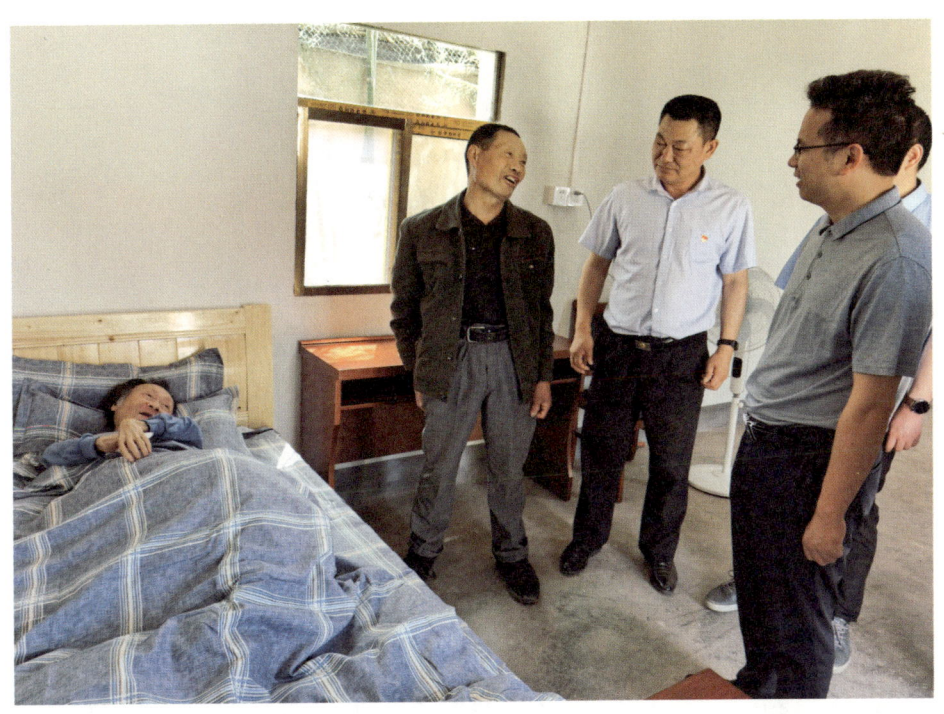

村民吴连生入住修缮一新的房间

电脑,提高了乡镇的办公效率……

入驻吴赵村以后,陈冬雷和干部村民一起拼搏奋斗,把一件件帮扶工作干出实效,解决了一个个发展难题,取得了不凡的成绩。如今,吴赵村大棚里上一茬蔬菜刚卖完,接着就种上了养豆丹的大豆苗;水蛭养殖收成良好,养殖规模逐年扩大。吴赵村从集体经营性收入每年几乎为零一跃达到2022年的近40万元,基础设施条件完善,困难群体得到更多扶助,村里一片欣欣向荣的景象。吴赵村村支书汪勤亮对陈冬雷赞不绝口:"感谢陈书记,在他的带领下,我们不仅巩固了脱贫攻坚成果,更为推进乡村振兴筑牢了基础,打响了开门第一炮。我们已经初步确定未来三年的发展规划,未来,我们一定会更好!"

# 助学助教在路上

## ——记竹岭村驻村第一书记何阳

2021年7月,肩负着福建省委组织部和福清核电党委的重托,何阳来到闽清县东桥镇竹岭村担任驻村第一书记。竹岭村于1995年整村搬迁至东桥镇北洋金刚坂,下辖竹下、岭尾、桂厝坪3个自然村,其中桂厝坪曾是闽清杉洋游击驻地中心,人口138户583人,全村党员29人,村"两委"5人。

1996年2月9日,时任福建省委副书记、福州市委书记习近平同志莅临闽清县东桥镇竹岭村调研造福工程时,对整村搬迁给予了充分肯定,对竹岭村今后的发展作出了明确的指示:"……发展生产之外还要搞基扶,五保户、困难户大家还得互相帮一帮……"这段珍贵的7分08秒视频,是习近平同志提倡的"3820"战略工程为农民做实事的案例之一,也是福州市"3820"战略工程乡村3年成就的具体体现,它成为不断激励何阳担负起自己责任和使命的动力,为构筑"岭上戴红帽、山中竹缠腰、新村绘蓝图"的"榕城福村"而努力奋进。何阳在驻村期间与当地村民结下了深厚的友谊,他们真诚地把他当作"自家人"。

"书记,书记,我想问一下,492分的文科成绩能上哪些学校?妹妹今年超常发挥,全省排名进步了1万多名,开心死了……"在福建工程学院上学的竹岭村青年余世闻激动地给何阳打来电话,他是何阳资助的一名大

闽清县东桥镇党委书记黄祥灿等将助学善款送到学生手中

学生。一个多月来,余世闻的母亲见到何阳,总是一筹莫展地说:"书记,清清这两周天天早上起来都在哭……听说新疆理工大学在阿克苏地区,学校实在太远了,坐飞机都要12个小时,家里实在困难……"

几年前,余世闻的母亲被诊断出尿毒症晚期,为了给她治病,家里花光了所有积蓄,还欠下不少外债,家庭氛围因此变得十分低落。余世闻的父亲憨厚老实,为了支撑起这个被命运开了玩笑的家庭,无论酷暑严冬,他每天都4点就起床,随着车队一起上山伐木、搬运木头,直到傍晚七八点才回家。身为长子,余世闻为了给家里减轻负担,省吃俭用,努力上进,在学校获得了奖学金。家里人都在努力地想让母亲变好,想让这个家庭变好。但面对巨额的医药费和虚弱的身体,母亲变得十分悲观,夜里常常以泪洗面,认为是自己拖累了整个家庭,开始拒不配合治疗,还产生了轻生的念头。余世闻的妹妹余清清当时正在读高中,为了让母亲开心,她异常

社会各界将助学善款送到贫困学生手中

刻苦,每天早晨总是第一个到班级,晚上最后一个离开。皇天不负有心人,2022年高考,她超常发挥,拿到了大学录取通知书,可是,家里却拿不出钱供她上学了。得知情况以后,何阳立即联系县妇联、团委、统战部等部门,很快得到社会各界的积极响应。在竹岭村智慧健康工作站调试设备的中康体检网林其峰董事长听说此事后,立刻承诺企业负担余清清4年助学金2.4万元(每年6000元);东桥镇党委书记黄祥灿带头,7名爱心企业家纷纷伸出援手,共向余清清一家资助助学金3.6万元。当余清清接过厚厚的一包助学金时,全家都感动得泣不成声,余清清终于能够迈入她心仪的大学了。

献出一份爱心,就能增加一份温暖。在何阳的积极带动下,社会各界爱心人士纷纷各尽所长,各施其能,给竹岭村带来新希望。

2022年8月的一天,电话那头响起福建省播音主持协会会长林慧娟标准的普通话:"何书记,您看一下我们民建福建省委会和省播音主持协会能帮助竹岭村里做些什么？"经过商议，在第 25 届全国推广普通话宣传月里，民建福建省委直属智媒体支部、福建省播音主持协会、民建福州市委会携手竹岭村党支部，开展"推广普通话提升乡村基层治理，喜迎二十大助力农村共同富裕"助学助教主题活动，现场安排了一场别开生面的公益普通话培训。同时，主办方将募集到的 2.5 万元善款捐助给中心村党委涵盖的 9 个行政村的 10 个低保家庭的在校生。

福建海峡银行总行营业部陈渊默总经理在五区八县各支行赴竹岭交流学习现场会上表示："大家都支持一下竹岭村，采购一些农副产品，重点是闽清支行有什么项目可以对口支持竹岭村的，后面主动对接一下。"随后，他们在助学活动中为东桥中心小学的优秀儿童、留守儿童、低保户家庭儿童捐赠了 55 套文具书包，总价值 1 万元。

同时，福清核电各级组织也给予何阳非常多的关心和支持。2023 年 6 月中旬，由福清核电捐赠的价值 4.5 万元的 1586 本崭新的爱心图书被送到闽清县东桥镇中心小学图书室，大大缓解了中、高年级学生们的阅读需求。驻村 2 年间，在公司党委、工会、团委的帮助和指导下，何阳引导社会各界先后到竹岭村开展助学助教、帮困救助活动共计 27 批次，慰问 82 人。

何阳积极带头助学，每年拿出 6000 元，并带动 10 余名爱心人士加入助学，他们的行动得到竹岭村村民和干部的广泛赞誉。一位老奶奶带着孩

捐赠书包文具

捐赠爱心图书

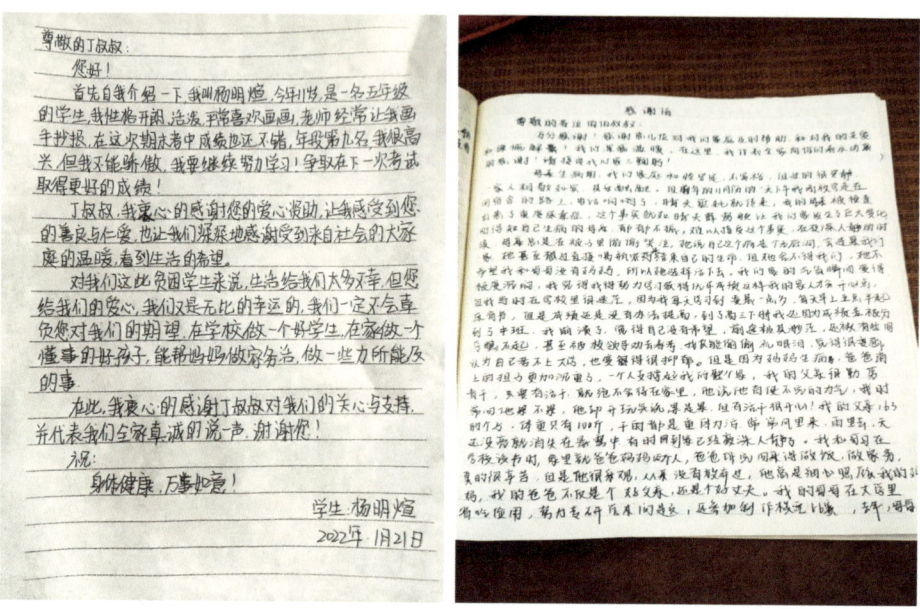

受资助的学生写来的感谢信

子激动地牵着何阳的手,说:"感谢你们的善良,感谢你们的帮助……孩子的父母在广东打工,疫情影响,收入不好,都快一年没回来了……"何阳说:"您放心好了,有我们各级党委政府和社会各界的关心帮助,大家共同努力,你们的生活一定会好起来的!"

回首驻村两年多的风风雨雨,有辛苦也有快乐,有付出也有收获,正是有了福清核电党委的坚强领导和关心支持,何阳与地方政府同当地村民风雨同舟,在帮扶和助学路上共同努力,让更多需要帮助的村民感受到社会大家庭的温暖,同时也进一步提升了中核集团与福清核电的社会美誉度。

"幸福中核"共同富裕,"美丽中国"让爱传播!

# 从纸上变为实景：乙洞村的美丽乡村变奏曲

## ——记乙洞村驻村第一书记岳琼国

乙洞村驻村第一书记岳琼国

2020年春节，海南核电驻村干部岳琼国的业务电话不断："村里返乡务工人员情况怎么样，有没有严格安排居家隔离，村民们有没有高度重视防疫工作……"疫情防控的严峻形势，让海南核电派驻昌江县乙洞村的驻村干部岳琼国坐立不安。新春伊始，正是阖家团聚之际，岳琼国却收拾行李告别家人，加入"逆行者"的行列，只身赶赴乙洞村。到了村里，岳琼国迅速投入工作，一边做好数据统计并及时上报，一边安排村干部站岗值班，对进村和出村人员进行检查登记，同时做好返乡人员居家隔离工作。

乙洞村，位于海南省昌江县西南，一个名不见经传的小村。如今，由海南核电投资建设的提水灌溉工程已全面完工，其标志性建筑——25米高的水塔矗立在南阳河畔，见证着海南核电对乙洞村的深情厚谊。2016年，根据海南省政府的安排，海南核电牵手乙洞村，助其脱贫致富。从此，帮助村里的贫困户甩掉"穷帽子"成为海南核电群策群力，共同思考、探索、实践的课题。

**把承诺从纸上落到实处**

乙洞村处于山区盆地高处，三面环水，土地肥沃，理论上非常适合发展经济作物种植。但昌江地处海南岛西部干旱区域，每到冬季，因为雨水稀少，只能种植耐旱的甘蔗，严重制约了经济的发展。经过多次调研，海南核电党委确定了扶贫工作的重点之一：出资200万元，建设提水灌溉工程，从根源上解决乙洞村的问题。

提水灌溉工程开工

这项工程从 2017 年下半年开始谋划，2019 年 12 月完工，可谓困难重重。谋划之初，各方质疑不断，有村民担忧工程只是做做样子。打破质疑最好的办法，就是真抓实干、落到实处。驻村干部岳琼国从驻村之初就下决心要把这项工程建成。

"做什么事都会遇到困难，公司既然承诺为村民建设这项工程，我就要把它落到实处，我就要把人们心中的问号变成感叹号。"为了选址，岳琼国与其他干部走遍乙洞村；为了拿到建造许可证，他一次次走进林业局、水务局、规划局、国土局、县委办、发改委；为了得到合理的工程报价，他从多个渠道展开市场调研……经与中标公司反复商谈，最终把工程造价控制在 200 万元以内。

建造许可证拿到了，工程队进村了，可问题又来了：工程施工要用电，提水灌溉工程运行也要用电，工地上没有电，村里接出来的线无法满足施工要求，电从哪里来？岳琼国又去同电网公司沟通，经过多次沟通，争取到对方的大力支持，解决了供电问题。

提水灌溉工程施工

常年奋战在扶贫一线，不规律的饮食让岳琼国病倒了，住院期间，他始终放心不下，坚持回村继续开展工作。2019 年 12 月 25 日，提水灌溉工程顺利竣工。岳琼国很开心："提水灌溉工程是海南核电对乙洞村村民的承诺，把承诺从纸上落到实处，不辜负公司的重托，完成公司的扶贫任务，不让村民们失望，这就是我的责任。再难的问题，总有解决的办法；再烦琐的事情，总要有人去做；再累的工作，也要坚持高质量完成。"提水灌溉工程建成投用后，彻底解决了乙洞村的生产用水问题。

乙洞村提水灌溉工程竣工仪式

**转变思想拔掉"穷根"**

建设提水灌溉工程的同时，岳琼国也积极思考如何提升村农业产业化，激励村民种植经济作物。他在调研中发现，应该以收入的提升来转变村民的思想，以物质激励激发村民的种植热情，从思想源头上打消村民对种植经济作物的顾虑。顺着这条思路，岳琼国展开行动，协调海南核电食堂帮助村民解决一部分农产品的销路，将村民手中的农副产品变成实实在在的收入。在他的带动下，乙洞村 2020 年种植经济作物近 300 亩。

村民符小亮家脱贫难度很大。符小亮因一次事故失去一只手，无法从事重体力劳动，妻子是主要劳动力，还要照顾几个年幼的孩子，过去家中主要收入来源就是种植甘蔗，一年不过 2000 多元。在岳琼国的劝说下，符小亮家开始涉足养殖业。海南核电出资为他们修建一间鸡舍，他们养了 100 只鸡，如今第二间鸡舍也已建好并投入使用。"我一个人就可以照料这些鸡，养鸡技术是一个朋友传授的，他还负责定期给幼鸡注射疫苗。"符小亮口中的朋友，是乙洞村养殖专业户陈清光。岳琼国指定陈清光帮扶符小亮养鸡，岳琼国更到镇防疫站为符小亮争取到免费疫苗。

习近平总书记指出，脱贫致富终究要靠贫困群众用自己的辛勤劳动来实现。岳琼国驻村后，始终坚持脱贫攻坚先从思想抓起，激励村民通过勤劳的双手创造自己的幸福生活。在他的带动下，村民的思想逐渐转变，致富的渠道也变得多元。如今，村里种植经济作物近千亩，由起初的辣椒、豆角、地瓜发展到圣女果、茄子、苦瓜、玉米等 10 多个品种，直接增加经济效益年均约 40 万元。养殖业也蓬勃发展，不仅有养鸡大户，还有养羊、养猪大户。

**扶贫工作的强大后援团**

海南核电作为中核集团驻琼企业，作为核电行业在海南的名片，在集团公司和中国核电的指导下，一直将扶贫攻坚工作作为重要的政治任务来抓。各党支部也组织党员、群众向乙洞村采买农副产品，开展消费扶贫。乙洞村村民的幸福生活成为上自集团领导，下至每名员工的牵挂。

2020 年是全国脱贫攻坚决胜之年，乙洞村村民全部"摘帽"脱贫，海南核电将继续巩固扶贫成果，最大限度调动村民积极性，变"要我发展"为"我要发展"。正如岳琼国所说："我能做的就是在公司支持下，尽最大努力，将贫困村民扶上马送一程，美丽乡村的幸福生活最终要靠村民用自己的双手和智慧来创造。"

# 带领村民把一片"荒"变成满眼"绿"

## ——记原乙洞村驻村第一书记李宜君

阳春三月,群山环绕的昌江县七叉镇乙洞村生机勃勃:25米高的水塔实现3000亩农田灌溉全覆盖,朝天椒开出花朵,波罗蜜抽出新叶,大棚蔬菜郁郁葱葱。抬眼望去,满目春色。

乙洞村村集体产业丰收

地处海南岛西部的乙洞村是黎族贫困村,下辖乙洞村、保由村、致牧村3个自然村。2016年4月,根据海南省统一安排,海南核电与乙洞村结成扶贫"对子"。接到任务后,海南核电立足该村实际,重点把握"精准",努力做到"真扶贫、扶真贫、真脱贫"。从那时起,经过驻村工作组4年的精准帮扶,村民的幸福生活有了希望。随着脱贫攻坚、建设美丽乡村工作持续深入推进,村民们逐渐过上宜居的好日子。

乙洞村从贫瘠山村变成富饶黎村,从脏乱差乡村变成美丽乡村的背后,离不开海南核电多年的帮扶。来自海南核电的一批又一批驻村干部扎根村子,为乡村振兴谋出路。李宜君就是其中一员。

原乙洞村驻村第一书记李宜君推进蔬菜大棚工作

### 改善人居环境:先修"面子",再修"里子"

2020年4月,海南核电员工李宜君背起行囊,走进乙洞村,从上一任驻村工作队员手中接过乡村振兴接力棒。不久后,他成为乙洞村驻村第一书记。

如何带领乙洞村迈上一个新台阶?李宜君想到发展产业,但在这之前,

他要先改善村庄人居环境。"先修'面子',再修'里子',居住环境好了,村民才有幸福感,才会追求更多获得感。"

近年来,随着海南核电的深入帮扶,乙洞村村容村貌得到极大改善,但仍有些低洼处会积水。"这里面积大,填完水坑后可以当作村民活动广场。"李宜君把目光投向乙洞村小学旧址,并找到村委会干部协商。

不久后,水坑填上了,路面也硬化了,乙洞村小学旧址被改造成排球场、篮球场,成了村民的活动场所,围墙上还有图绘,记录乙洞村近年来的变化。村民刘小勇说,自己喜欢打篮球,有了篮球场,每天都来打球。"李书记牵头修建了活动广场,让我们有了一个休闲的好去处。"

"每天下午在村民活动广场打球的人不少,村子一下就热闹了许多。"乙洞村党支部副书记何立民说。有了村民活动广场,村民的积极性都调动起来了,人也变得精神起来。

## 谋求产业发展:带动村民抱团种植鼓腰包

清明时节,灼灼骄阳,持续高温干旱。"村子四面环山,从11月到第二年的5月很少降雨,农田会干旱。"乙洞村村委会下辖3个自然村,有420户1940人,全村耕地面积5200余亩,其中水田1000余亩。

做足功课的李宜君进村后,第一站便来到由海南核电投资建成的水塔前查看。"先做管网铺设,解决农田灌溉问题。"驻村后,李宜君做的第一件事,是为村子修建长达12千米的供水管线。2020年7月23日,乙洞村提水灌溉二期工程赶在晚稻插秧之前顺利通过竣工验收,实现了送水到每一块田地的目标。村民梁月英喜出望外,她说:"从来没想过水龙头能接到自己家的地头,不足两个小时就浇完农田。往年只能靠天吃饭,雨季不到,还得用拖拉机往田里拉水。"

因村子经常出现季节性缺水,不少村民选择外出打工。在播种季节,许多农田仅有高高的杂草随风舞动。刚到乙洞村一个月,李宜君心里盘算着:"农田用水问题解决了,下一步,要把一片'荒'变成一片'绿'。"

2020年10月,长达12千米的供水管线贯通全村农田。接着,李宜君把产业发展提上日程。在当地政府的支持下,在李宜君及村"两委"的带动下,乙洞村成立黎蔬园种养专业合作社,鼓励村民种植热带水果以及蔬菜等,壮大集体经济。乙洞村以"科普培训+村集体带动+村民参与"的模式发展朝天椒种植产业,产业规模雏形初现。

乙洞村朝天椒丰收

有了产业,李宜君与村"两委"开始谋划销路,利用合作社注册"黎蔬园"电商品牌,通过自产自销模式,让农产品走出去。李宜君说,"黎蔬园"平价回收村民种植的农作物、水果,主动对接企业,把产品销售出去,再把收益结算给村民。"农产品实现线下线上销路'两步走',村民发

展产业劲头更足了。"

2018年,乙洞村开展消费助农活动,成交额仅0.9万元,随着"黎蔬园"电商品牌显现成效,成交额逐年升高,2021年达到18.2万元。2022年下半年,乙洞村还带动40余户种植朝天椒逾500亩,村民的腰包渐渐鼓了起来。

前几年,村民陈新平曾在外地发展种植业。乙洞村农田灌溉问题解决后,他在村里租了130多亩地。"90亩种植甘蔗,30亩种植南瓜。"陈新平说。他"大手笔"发展种植业,除了农田用水不缺,还有李宜君帮他申请小额贷款,让他有了底气。"5年前,我家最高收入仅有5万元,村里发展种养等产业后,我家2022年收入近30万元,翻了好几倍!"

## 引进技术人才:让种田变成一门"技术活"

如今,乙洞村水塔下是成片朝天椒,长势喜人。不远处,是波罗蜜,还有大棚遮盖下的百亩蔬菜。如李宜君所愿,昔日的小山村从一片"荒"变成一片"绿"。然而,李宜君并未松懈。"让产业实现可持续发展,才是真正的乡村振兴。"他开始琢磨,如何让种田变成一门"技术活"。

百尺竿头,更进一步,很难。为走好这一步,李宜君想了许久,最后决定引进种植业返乡技术人才。

2021年的一天,在暖阳照拂下,乙洞村静谧祥和。一大早,村民陈新平拨通了一个电话:"小钟早上好,我种的南瓜到这个阶段需要做什么?方便的话过来帮我看看。""陈叔好!没有问题,我一会儿就过去。"电话那头传来年轻的声音。挂掉电话,陈新平嘴角上扬,这个小钟可帮他解决了不少种植难题。

小钟叫钟曾壮,是七叉镇一名返乡大学毕业生。2020年,乙洞村对外招引农业技术人才。当时在学校教书的钟曾壮经朋友推荐给李宜君,双方一拍即合。"我对种植很感兴趣,曾考取农业技师证。我有许多朋友是搞农业的，接触多了，也懂了一些种植技术。"谦虚的钟曾壮一头扎进这个小山村，一待就是3年。

钟曾壮的到来，让李宜君如获至宝，他把大棚蔬菜交给钟曾壮管理，还向他介绍村里的种植大户。钟曾壮每天就在田里来回奔波，村民有什么种植难题，都第一时间给他打电话，他一一给出建议。他和村民打成一片，和李宜君等人一起谋划乡村振兴路。

有了技术人才的支撑，村民种植的果蔬更有起色。李宜君趁热打铁，与村"两委"邀请昌江县农业技术人员到村里开设农村实用技术培训班，鼓励致富带头人发挥"双带"作用，为群众讲解生产经验，提升群众农业生产技术。

2022年，李宜君驻村两年任期到了，他主动申请延期一年："村子刚起步，我要向往届驻村干部学习，把村子发展的基础打牢，让后来者更好地开展工作，让村子发展更有底气。"

2019年，村民刘亚关在海南核电驻村干部的鼓励下，报名参加地方就业局组织的挖掘机培训。取得培训证书后，他通过政府信贷扶贫政策购入一台挖掘机，这是继联合收割机之后乙洞村村民购入的又一台大型机械设备。

驻村工作队一直提倡并鼓励贫困村民就近务工。李宜君帮助刘亚关联系承包提水灌溉工程水管挖埋施工项目。勤劳的刘亚关每天早出晚归，保质量、保工期，出色完成承包的施工任务，收入近4万元。此后，他陆续承接芒果园移株、水利沟清理等工程，成为村民口中的"刘总"。

村民陈清光连续两年带领贫困户利用撂荒地建设鸡舍饲养文昌鸡、芒果鸡，饲养的鸡肉质好，深受消费者喜爱。尝到收入甜头的他，被评为村里的致富带头人。回村接受过表彰，陈清光又马不停蹄地赶往海南核电二期工程施工现场。李宜君鼓励他拿出最近几年养鸡赚来的钱购入一辆卡车，带领村里有卡车驾照的贫困户，报名参与海南核电二期工程的土石方项目。现在，跟着陈清光走出村子的贫困户早已脱贫，正沿着致富路奔向小康。

乙洞村的自然环境十分适合蚂蚱养殖。村里出了名能折腾的退伍军人何招大胆地搞起蚂蚱养殖，两年下来收入不菲。在他的带动下，一时兴起养蚂蚱的热潮。当何招从李宜君那里听说"白沙黎族自治县通过打造阿山和阿兰的爱情故事，使山兰米的价格飙升很快"时，他说："李宜君能种植山兰米，还能发动左邻右舍的贫困户一起种植。"同时，他还希望得到海南核电的支持发展山兰米酒产业。李宜君同他实地考察了村里的原始酿酒工艺，李宜君向同事们推出首批山兰米酒，好评如潮。

如今，村民符小亮通过海南核电精准产业帮扶有了稳定收入，通过政府危改政策搬进了新房；陈照清家的羊群，从海南核电起初帮扶购买的5头发展到40多头；梁其明积极筹建海南核电有机蔬菜种植基地……

# 同心同德谋振兴

## ——记旱天岭村驻村第一书记成思新

2021年4月29日,河北省委党校,中核汇能党性教育培训班,老师和学员围绕"习近平同志为什么到正定"这一课题展开讨论。课后,成思新郑重填写了中核集团派驻帮扶干部报名表。6月29日,他离开杭州市,如愿站在旱天岭村村口,成为宁夏回族自治区同心县旱天岭村驻村第一

旱天岭村驻村第一书记成思新查看养牛场情况

书记。

旱天岭村属于宁夏西海固地区，是中部干旱带上一个海拔1500米、缺水少雨、极度干旱的村庄。靠着灌溉工程，这里吃上了黄河水，3000多名村民从山沟搬迁至此，自然环境恶劣，生态条件薄弱，产业发展、生态绿化和环境整治难度极大，乡村振兴任重道远。

**熟悉环境、同吃同住，融入工作成为旱天岭村新成员**

从得知要挂职旱天岭村帮扶那天起，成思新就开始了各方面的准备工作，学习中央关于乡村振兴、农村工作的文件精神，学习中央关于帮扶工作的要求，查阅旱天岭村的具体情况和资源禀赋，思考如何开展工作。到村后，当地镇政府为他安排了一间宿舍作为住宿和办公地，购置了简单的

现场考察

生活用品，配备了一辆二手越野车，成思新就这样开始了两年的驻村帮扶历程。

驻村第一周，在村"两委"主要负责同志的带领下，成思新开始入户访谈、熟悉情况、了解需求，同时向负责包村管理的镇干部、自治区驻村干部取经。第三周，结合前期准备和到岗后的调研学习，针对乡村教育、产业发展、绿色能源等领域，成思新梳理出中期目标清单10项，后来逐步推进的村级分布式光伏、清洁能源供暖、生态养殖园区等，都是这一时期形成的思路。2年后，目标清单上的项目完成了8项。

**做好规划、实施项目，夜以继日全面推进示范村建设**

怎么做才能实现乡村振兴，才能更好地发挥央企帮扶的作用，这是成思新一开始就在思考的课题。为做好工作，他与驻县、驻村帮扶干部一道，到宁夏回族自治区多个示范村、同心县多个乡镇、村集体产业等学习和调研，组织开展"一轴一心一网多片区多产业绿色发展"规划编制和论证。2021年12月3日，中核集团与同心县签署共建旱天岭高质量发展乡村振兴示范村备忘录，明确了后续工作的思路和支持措施。

规划确定了，落地实施是关键。从2021年冬天开始，旱天岭村水源联通、人居环境综合整治、养殖园区扩建、生态牧草园种植等十大工程启动，从项目方案策划、项目批复争取、资金来源落实，到工程动工、进度控制、安全质量等，成思新和集团公司帮扶干部、兄弟单位支援干部、中核汇能工程技术人员及村干部一道，夜以继日，坚持不懈，度过了充满激情的春和夏。

2021年秋天，旱天岭乡村振兴示范村重点项目建成，村集体产业发展用水得到解决，村民人居环境实现大变样，学校设施环境得到改善，千亩牧草园和义务植树区绿意盎然，厕所革命如期完成，旱天岭村史馆投入使用，枸杞科技小院建成，养殖园区三期建成，智慧养殖管理系统上线运行，

成思新与旱天岭村支书丁建国讨论产业发展

带动全村肉牛存栏达 3800 头，旱天岭村成为全县唯一的"千头肉牛养殖基地"，建设"产业兴旺、生态宜居、乡风文明、治理有效、生活富裕"的现代和美乡村蓝图初见成效。

## 发挥优势、技术协同，坚定不移贯彻低碳发展理念

农业强、农村美、农民富，承载着中华民族千年梦想和中国共产党始终如一的初心。作为集团公司新能源产业的员工，结合产业优势和技术协同，为老百姓解决更多的实际问题，是成思新两年帮扶工作的重心。

宁夏地处祖国西北，冬季气温较低，供电供热是保障当地村民生产生活的头等大事。2021 年到村走访调研时，乡亲们反映了一些供暖问题，"买炭花费大""不干净""一氧化碳中毒"等。如何让村民像城里人一样，房间干净又暖和，价格经济又实惠，成思新在中核汇能技术中心研究论证

的基础上，开始探索、实践在旱天岭村使用地热和光热耦合技术供暖。

2021年8月"地热+PVT热电冷零碳三联供"实验项目启动，2022年1月22日成功实现供暖、并网发电，初步验证了该综合供能系统的可靠性和经济性，并取得了实用新型专利。经过近一年的验证，2022年10月光热一体化示范村镇建设启动，以旱天岭村100户为重点，解决5个村镇153户村民住宅供暖，为下一步推广作工程验证。旱天岭村村干部和老百姓都说"好"。

在建设零碳供暖项目的同时，配套建设分布式光伏项目，将民生供暖与新能源产业项目有机融合。利用旱天岭村闲置园地、草地，建设2个5.99兆瓦分布式复合光伏项目。2023年9月并网发电，项目运营期每年向村集体分红，全部用于村民清洁能源供暖项目建设。

成思新与中核集团驻同心县委常委副县长讨论村子整体发展规划

## 余音

2023年夏季的旱天岭村，借助无人机的俯瞰视角可见：肉牛的黑色、光伏的银色、苜蓿的绿色、新民宅院子的红色……一个个产业和民生项目的颜色有序分布，一改开发前的单一色调。获得全国脱贫攻坚奖奋进奖、第八届全国道德模范提名奖，获评全国脱贫攻坚先进个人、全国优秀党务工作者的旱天岭村党总支书记丁建华说："这两年，中核集团和同心县陆续投入近1亿元，在村里实施了多个重点项目，一个现代化美丽乡村正展现在我们眼前。"

"旱天岭村这些年的发展，真是撼天动地。"成思新说。旱天岭村的变迁，不仅是打赢脱贫攻坚战的缩影，更是实施乡村振兴战略的最新实践。中核集团派驻旱天岭村的"第一书记"，一张蓝图绘到底，一任接着一任干，开拓创新，做好乡村振兴战略背景下的帮扶工作，坚决落实好中核集团的央企担当和责任。

# 脱贫攻坚战：人生的光辉时刻

——记旱天岭村原驻村第一书记马建国

"不管有多难，也要拔掉穷根子，让老百姓过上好日子。"2017年4月，受中核集团任命，马建国来到同心县挂职河西镇镇长助理、驻旱天岭村第一书记，成为战斗在脱贫攻坚一线的一名驻村干部。

旱天岭村是同心县"十一五"生态移民村，是宁夏回族自治区确定的深度贫困村和挂牌督战村。村民们主要种植小麦、玉米、马铃薯，有零星几户

马建国与脱贫户交流肉牛寄养托管新模式并调研新模式下的收入满意度

马建国在养殖场观察"以奖代补"模式下的肉牛生长状态

农户养羊，收入远远不够生活开支，很多人选择外出打工。全村 2798 人，82% 是建档立卡的贫困户。这样的状况，从马建国到来的那一天开始发生改变。

"以激发内生动力和带动村集体经济组织为重心，支持贫困村发展特色养殖，是中核集团帮扶同心县过程中抓产业扶贫的第一个重心。旱天岭村的发展，走的正是这样一条路。"刚到旱天岭村时，马建国发现村民"等靠要"的观念比较严重，他深知"输血"式扶贫绝非长久之计，必须激发内生动力，让村民靠自己的双手脱贫致富。

为找到合适的扶贫发展路子，马建国制定了详细的走访调研工作计划，挨家挨户地了解村民的所想所需。"让大家敞开心扉，畅所欲言。"基于充分的调查研究，马建国认为，旱天岭村可以尝试发展养殖。

根据当地情况，中核集团为旱天岭村确定了发展养殖产业的脱贫道路，提出"以奖代补"，以养 1 头牛奖 2000 元的模式，鼓励农民养牛，养得好，奖得多，借此变"让我脱贫"为"我要脱贫"。

发展的路子明确了,马建国说干就干。2017年,他跟村"两委"合计,决定每年拿出130万元,通过以奖代补的方式鼓励村民发展肉牛养殖产业,对喂养2头牛以上的农户进行奖励,每头牛补贴2000元。当年村里养牛存栏数就从200头增至1000头,2018年更增加到2000头。得益于肉牛养殖业,村民富了,村集体收入也增加了。2021年初,因为口蹄疫,病死几十头小牛,给养殖场造成很大的损失。马建国和村"两委"充分发挥基层党组织战斗堡垒和党员干部先锋模范作用,调动一切资源及时给肉牛用药,不分昼夜地守护,以最短的时间控制住疫情。肉牛养殖业的发展,让7000余人脱离了贫困,村民们都将马建国称作旱天岭村的"及时雨"。

为了让乡亲们在小康路上走稳走好,不落一户、不少一人,马建国和村干部们还对残疾人和重病号实行未脱贫户肉牛寄养托管新模式。刘永俊和马哈麦夫妇二人均是三级残疾,干不了重体力活,没有经济来源,家里还有两个孩子上学,生活困难。他们虽有几头肉牛,却没能力好好养。旱

马建国与上下游渠道方探讨打通村内养殖鸡销售模式的"最后一公里"

天岭村党总支书丁建华主动帮忙饲养刘永俊家的 3 头肉牛。2020 年，刘永俊家得到分红收益 1.2 万元。他逢人便说："这样的好事，我想都没有想过。" 2023 年，刘永俊养了 19 只羊，加上公益性岗位的收入、托管寄养肉牛的分红，一年收入达到 4 万元，日子越过越有奔头。

为推动村集体经济与村民增收同步发展，马建国和村委会商议后决定采用 "37361" 模式分红，让资源变资产、资金变股金、农民变股东，全部收益归全体村民所有，创建出一套可持续、可推广的扶贫模式。村民生活越来越好，离不开 "第一书记" 的负重前行。驻村工作以后，马建国每月只回一次家，成天在村里忙碌，以西北汉子特有的韧劲和爽朗赢得了村民的认可。2021 年，马建国离开旱天岭村时，全村牛存栏数达到 3800 头，其中集体所有肉牛存栏数 800 头，每头肉牛每年纯利润可达 3000 元。

看着村民们脸上的笑容，马建国仍不满足，他深知，要实现 "真脱贫、脱真贫"，就必须将产业扶持与消费扶贫结合起来。为此，他积极奔走，为同心县争取到中核集团的投资 2000 万元，建立扶贫产业园，带动近千人实现就业，让村民获得更稳定的收入。

对于未来，马建国言辞质朴："只要组织需要，我还想继续干下去，把产业做扎实，看着这里的百姓过上更好的日子。" 2021 年 7 月，在旱天岭村驻村 4 年多的马建国郑重地将接力棒交给中核集团另一名帮扶干部成思新，自己则前往中核汇能宁夏公司，在新的岗位上为旱天岭村和同心县的发展继续发挥光和热。

# 迎难而上奋拼搏，凝心聚力谋新篇

## ——记光坪村驻村第一书记林达三

大年廿九晚，天气严寒，但是福建漳州市诏安县官陂镇光坪村土楼前的广场上一派热闹景象。原来是 300 多名乡贤在与漳州能源派驻光坪村的第一书记林达三热烈交流。他们在共同探讨脱贫攻坚之计、乡村振兴之策……

光坪村有 12 个自然村，全村共有 819 户 3990 人，近一半村民外出务工。村民收入以青梅种植为主，村民及村集体收入低。林达三任职 3 年以来，结合村情实际，以强化党的领导和支部建设为引领，发展特色乡村产业，强力推进脱贫攻坚，在群众中树立了党支部的威信，有效带动村民精气神提升，为打造产业兴旺、生态宜居、乡风文明、治理有效、生活富裕的新农村不断奋斗。

**解民忧暖民心打牢群众基础**

"林书记来的第一天就让我带着走遍 12 个自然村，平时经常和村'两委'一起深入田间地头、进村入户、深入群众开展调研，并带领我们及时收集、解决问题，这位书记是来干事的。"村干部张万宏说。为尽快转换角色，熟悉工作环境，林达三从村情实际出发，一是勤于学习扶贫政策文

件,增进对扶贫事业的理解。二是勤于调研,熟悉村情民意。针对精准扶贫工作实际,拟定调研方向,认真进行梳理、归纳和总结,向派出单位形成有针对性的调研报告,提高其参与度。三是勤于锻炼,积累经验。林达三积极参与乡党委、政府开展的各项中心工作,利用自身专业优势及单位资源为镇政府招商引资服务,主动深入参与涉及群众切身利益的扶贫工作。

林达三想方设法完善村内基础设施:筹措资金,建设村部至大方田道路,解决该行政村遗留的最后一条主干道路硬化问题,村民出村时间节省10分钟以上,路程缩短近1千米;筹措资金,建设坪上村体育广场,解决该村村民期盼多年的休闲娱乐活动场所问题,丰富村民文化生活。

"民有所盼,我有所为。"林达三经过多次走访,了解到村民最强烈的呼声是重建光坪小学。他立马付诸行动,多方奔走,筹资近300万元,推动光坪小学重建。该项目于2019年9月开始招生。重建后的光坪小学拥有面积1200平方米的多功能综合楼,学生们可以在教学设备齐全的教室内安心读书,村民可以腾出接送时间发展生产。林达三以光坪小学复学为契机召开专题会,动员周边村民提供土地支持小学下一步扩建,出资为小学扩建征地并完善配套设施。组建光坪村兴教助学群,并带头捐资,在他的带动下,村民纷纷慷慨解囊,一个月就收到捐款26万元,有效带动村里的重教兴学气氛。光坪小学扩建工程已开工建设。

2018年以来,林达三积极争取到各级资金1300多万元,启动教育、民生、村财增收项目建设31个,明显改善了村貌,创造了良好的营商创业环境。

## 抓班子带队伍建强战斗堡垒

组织坚强,支部就有战斗力。林达三发挥第一书记引领作用,规范"三会一课"学习制度,改造村部功能设施,设置会议室、党校、群众来访接待室、"两委"值班室、财务室等,打造功能齐全的办公环境,光坪村党支部焕然一新，村部环境、办公条件居官陂镇前列。联系漳州能源与光坪村党支部联合开展"两学一做"学习教育，通过互动，使村"两委"感受正规端正的学习方式，认识到新时代党员学习的重要性、必要性。与派出单位党支部学习交流，开展赠书建设读书角、为小学捐书、团员青年结对子、上党课等活动，进一步增强村"两委"党性认识；为提高党员的荣誉感及组织归属感，开展党员家庭户门口上墙挂牌行动，发放党员生日卡，规范党员党费缴交工作，形成自觉按时缴交的气氛。

林达三利用网络技术开展"微党建"，增强外出党员参与党建工作的灵活性，建立党员微信群，宣传党的方针政策，学习党的理论论述，参与村支部管理。他驻村半年后，村支部焕然一新，村"两委"党性认识、工作热情、工作能力明显提高。

林达三以扫黑除恶行动及纪委村级巡察为契机，锻炼、规范村级干部队伍。把一系列扫黑除恶行动及纪委巡察整改工作当成改变光坪村形象的机遇，既有效教育、锻炼了党员、干部，又使群众感受到村里风气变化，有效增强村民参与村内工作的热情。

## 整合多方优势壮大集体经济

为提高村民参与度，林达三建立光坪村发展促进群，人数近400人。通过微信群交流，提高村民对村务的知晓率和参与度，营造建设美丽乡村的良好氛围。"在林书记的带领下，村民们的观念一天天发生变化，生活有了质的改变，林书记给了我们返乡创业的信心。"村民张细响感慨道。

山子背自然村外出青年通过微信群了解到第一书记驻村以来的变化后，对村委会办事能力信心大增。在国庆返乡期间，他们仅用3天时间就集资、动员村民拆除几十年来未解决的面积近500平方米的违章搭盖建筑，改善了村居环境，对其他自然村起到了很好的示范作用。

林达三经常利用节假日与返乡青年交流，通过组织现场参观、座谈、互相交换意见，使返乡青年对家乡开展的脱贫攻坚、项目建设、产业发展、公益事业等有更深入的了解。

光坪村农产品丰富，但没有加工产业，村民只能将农产品卖给收购点。经过深思熟虑，林达三决定通过产业发展促进乡村发展，吸引人才返乡，引导创办能够自营且兼顾乡村公益的示范农民合作社。

林达三用真情实意鼓励、感召青年回乡创业。2018年1月23日，诏安大丰田果蔬专业合作社揭牌成立，首期就吸引50多个社员参股，并帮扶多户贫困户入股。合作社通过章程约定，将盈利的5%用于乡村公益储备金。

短短四个月内，合作社就集资近400万元，完成厂房建设、青梅收购、加工腌制等一系列生产程序。诏安县官陂镇沈友祥书记说："大丰田果蔬专业合作社改变了官陂镇无青梅加工厂的历史，该项目不仅让百姓增收，而

林达三向漳州市扶贫办副主任介绍诏安大丰田果蔬专业合作社发展情况

且将带动官陂镇'青梅产业+'模式的打造，实现第一、二、三产业融合发展。"

合作社的成立，使得青梅收购价格有所提升，每户每年预计可增收1000—4000元，村民们发展青梅种植的热情进一步高涨。2018年12月，合作社的子项目富硒生态养殖基地投产，吸收20名社员参股，集资20多万元，养殖2000多只五黑鸡。为解决村民销售的后顾之忧，在派出单位的支持下，采用预订模式生产的鸡蛋主要供应漳州核电食堂，林达三又帮助联系多个电商平台扩宽销路。

为引领合作社朝品牌化、规模化发展，在林达三的指导下，合作社注册"光诏雄鸡""官梅一号""蝴蝶山"3个商标，通过线上线下结合的销售模式，提高产品知名度，拓宽销售渠道，产品远销北京、广东等地区。合作社成功模式效应外溢，周边村纷纷前来考察，既开阔了干部思路，又推动了农业增效、农民增收。

为增加村财稳定收入，林达三积极走访有关部门筹集资金。截至2023年底，光坪村建成2个总投资53万元、装机容量71千瓦的光伏发电项目，已发电17万度。为进一步增强村财增收，促进社会多元化发展，培养经营人才，推动青梅产业向精深加工发展，在林达三指导下，通过市场调研，村"两委"决定投资63万元建设光坪青梅加工场项目。利用建成后招租的方式，既可缓解当地创业者资金压力，又可增加村财持续稳定收入，形成双赢局面。

## 抗"疫"发展两不误

2020年1月24日，福建省启动重大突发公共卫生事件一级响应，防疫形势严峻。很快，口罩成了紧缺物资。光坪村未雨绸缪，早在春节前就订购了1000个口罩以备战"疫"。村里的口罩短期内有了保障，但战"疫"毕竟是长久之战，大年初三开始，林达三发挥信息灵通的优势，积极帮忙

联系口罩购买及派出单位捐赠，在微信群发动乡贤广泛参与捐赠防疫物资，乡贤们积极响应，为村里送来了消毒水、酒精、电动喷雾器、方便面、矿泉水等急需物资。

测温仪是防疫工作的常备仪器，镇里因设备不足、购买无门而一筹莫展，林达三自告奋勇连夜开车赶回家，取回家庭使用的额温仪，供镇里开展工作用。

2020年是扶贫工作收官之年，在抗"疫"的同时，村庄发展规划始终萦绕在林达三的脑海，他想着一定要按计划趁春节期间乡贤返乡，规划好乡村发展之路。光坪村小学自复办以来，吸引本村110多个学生就读，教师激励、教学设备完善等工作急需提升。由于学生就近上学，村民们获得生产时间，对本村教育的参与度空前增强，都愿意出钱出力协助办好教育。林达三策划召开乡贤捐资奖教助学见面会，以线上线下相结合的方式成功举办并形成决议。

光坪村大丰田果蔬专业合作社是村民产业发展的标杆，考虑到疫情，大年初七一早，林达三主动邀请几位代表到村部广场，拉开距离，用广场会议的形式商讨评估青梅行情，并探讨有利于村民增收的收购策略，既避免了人员聚集，又很好地推进了青梅销售工作。

### 贫困户的"后勤保障员"

驻村第三年，特别是疫情过后，林达三一直在琢磨怎么保障脱贫成效，使群众更有获得感。结合习近平总书记在决战决胜脱贫攻坚座谈会上的讲话，经过调研，光坪村打算在推进"两不愁三保障"及确保饮水安全的基础上，推动实施住房"九有"专项行动，让贫困户住房旧貌换新颜。

为进一步改善建档立卡贫困户居住条件，在镇里指导下，林达三组织召开专题部署会，结合客观实际，因户施策，按照"缺什么补什么"的原则，制定操作性强的实施方案，着力保障贫困户住房有完整屋顶、入户门、窗户、卫生设备，地板硬化，墙体抹灰，配备基本厨具、卧具等，全面提升其获得感。

疫情一缓解，林达三就带领村"两委"深入贫困户家中排查。此次专项行动共排查出房屋存在"九有"问题的26户，结合实际情况，入户充分征求本人意见后，按照一户一方案，全面启动贫困户住房提级改造工作。

有的贫困户怕装修房屋影响正常生活，担心资金问题，积极性不高，为说服他们，林达三多次沟通。如，他为贫困户张其中刚出生的孩子及时申请低保，说服张其中的兄弟和邻居支持其建房，一心为贫困户着想的精神感动张其中一家，他们最终同意整修。在全方位提升的思路下，贫困户张新寿不仅改善了住房条件，了却了许多烦心事，思想上也有了很大变化。之前张新寿一家不同意村小学扩建征地，后来，林达三上门说明教育对脱贫的重要性，张新寿联想到自己的两个女儿这几年受益于教育扶贫，同意配合征地。

因村经费有限，修缮资金筹措是村"两委"面临的一大难题。村书记张林爱却信心满满地对村"两委"说："你们尽管干好，有第一书记在，放心，资金不是问题。"在林达三的穿梭奔走协调下，帮扶部门如民政局、信访局、乡镇政府等高度重视，最终通过各种形式解决了缺口资金。

林达三驻村以来，始终保持一颗初心，坚定不移地推动脱贫攻坚。

一是精准发力，善挖"穷根"。要真正实现脱贫，首先要找到致贫根源。林达三驻村后，从村情实际出发，深入田间地头，进村入户开展调研，围绕群众最迫切的需要及时进行梳理、归纳和总结，抓住制约农村发展的瓶颈，寻求解决问题的良方，稳扎稳打走出扶贫第一步，为脱贫找准方向、奠定基础。

二是"一村一品"，特色"造血"。产业扶贫是精准扶贫的发动机和铁抓手。林达三结合当地富硒生态特点，抓好产业规划，组织农户大力开展养殖、果蔬种植等特色项目，不仅打出了多个品牌、拓宽了销路，而且促进农户增产增收。

三是探索多元共治新村貌。如果说数千万贫困户摆脱贫困是脱贫攻坚

的"显绩",那么脱贫攻坚中锤炼出爱农民、懂农村的干部队伍,构筑出共治共享的良性体系,就是难能可贵的"潜绩"。林达三不仅通过创新"网络党建"等方式凝聚出一支热情高效的工作团队,而且借助文化、科技等多渠道激发村民主动参与的积极性,实现多元共治共享,加快村庄脱贫致富。

"驻村工作任重道远,永远没有终点。唯有脚踏实地,把扶贫扛在肩上,切实帮助村民解决存在的问题,才能无愧于心。"林达三发自内心地说,"村庄的点滴变化、村民们脸上的微笑,就是对我最好的回馈。"

# 心驻黄田村,聚力谋振兴

## ——记黄田村驻村第一书记钟德建

为积极响应并贯彻福建省、中核集团和中国核电有关工作要求,实现乡村振兴目标,根据漳州能源工作安排,2021年,钟德建成为福建省第六批、漳州能源第二位驻村书记,赴漳州市平和县九峰镇黄田村开展乡村振兴工作。3年多的驻村工作中,钟德建为黄田村乡村振兴作出了自己的贡献,"核电钟书记"成为每一个黄田村村民心中的深刻记忆。

黄田村全景

143

## 深入基层，了解村情概况

黄田村位于平和县九峰镇区西南部，距镇政府所在地 1.5 千米，东邻九峰村，南接福田村，西连平等村，北隔积垒，地处两省交界，南距广东饶平茂芝镇 23 千米。黄田村共有 5 个自然村，常住人口 2960 人，流动人口 1059 人，占全村人口 25%，大多流向福建省内福厦漳泉等地，以及广东省、浙江省、江苏省，主要从事经商、办厂或务工。

2021 年，刚到黄田村的时候，钟德建就把黄田村当成自己的"新家"。他深入基层，到每家每户嘘寒问暖，围绕群众关心的问题，与村民、党员干部、行业代表深入交流，广泛听取大家的意见。"核电钟书记"用最短的时间了解到黄田村每家每户的情况，日夜奔波争取资金，只为让村民们过上好日子。

钟德建在村中走访调研

## 夯实堡垒，以党建促振兴

钟德建驻村期间，通过抓党建，使黄田村党支部战斗力、凝聚力越来越强，推动村党员干部深入学习、忠诚践行习近平新时代中国特色社会主义思想，学习贯彻党章党规党纪和党的路线方针政策，推进党的惠民政策在黄田村实施。作为驻村第一书记，钟德建主动抓好党建工作落实、抓好干部队伍建设、抓好党内制度执行、抓好经费规范管理，把规范化开展党支部工作作为第一要务。

钟德建驻村的3年里，村党支部严格把关，从致富能手和返乡大学生中发展一批优秀党员，为党组织注入新鲜血液。村党支部在钟德建的带领下，把党建领导强村富民理念和人居环境整治工作相结合，发展特色种植养殖业，打造"庭院经济"项目，充分整合闲置土地，创收增收。

钟德建在村内察看工作

2023年，钟德建根据上级要求，结合村庄实际，组织推广"积分制"运用，有效鼓励村民自觉参与乡风文明建设、卫生环境治理等活动。

在钟德建的带领下，全村党员也充分调动积极性，为群众解决急难盼愁问题，对"五保户""低保户"等困难人员加强关爱。同时，引导漳州能源多个党支部到村中共建帮扶，村干部和群众也多次到中国核电参观交流，村企合作由此越来越深入。

**紧锣密鼓推进项目，实现乡村振兴**

钟德建自驻村以来，跟村"两委"密切合作，通过各种渠道共筹集资金1308万元，其中：派出单位拨付建设资金81万元，省委组织部配套捆绑资金60万元，向上级部门争取资金1167万元。驻村以来，钟德建共规划建设乡村振兴项目18项，其中基础设施项目15项，产业项目3项。所有项目都通过公开招投标，建设手续完整，达到预期效果。

2021年，黄田大桥至下楼亮化工程，黄田小学、国学馆周边环境整治工程完成，景观拦河坝及河道清淤也顺利完成，乡村宜居、宜业水平大大提升，为开展乡村旅游奠定了良好基础。

2022年，黄田村应急广播系统建设、廉政公祠周边环境整治、下楼至溪坝人居环境整治、镇区污水厂道路建设、国学馆室内布置等项目完成，这些项目进一步优化黄田村的居住环境，完善了基础设施。

2023年，黄田村主干道环境整治白改黑项目，九峰镇黄田村拦河坝、步道环境整治工程（一期），黄田村大桥下护岸环境整治工程，黄田村文化史馆建设工程，黄田村河边漫道及公园环境整治工程等陆续完成，黄田村的环境进一步美化，助推乡村振兴目标的实现。

钟德建发掘黄田村的发展潜力，打造为村民创收的产业。农业方面，邀请专家针对蜜柚产业对村民进行指导，加强田间管理，同时还寻找到一些适宜种植的新品种。养殖业方面，继续培育壮大豚兔养殖等特色产业，

道路硬化前后对比

争取早日转型,摆脱单纯依靠蜜柚产业的局面。旅游业方面,加强宣传,完善基础设施,与周边景区展开合作等,与福建平潭爱玩客旅游发展有限公司合作,积极提升古村落文化底蕴。黄田村已成为一个小有名气的旅游景点,周末和节假日常有游客慕名而来。

**乡企联动,开发资源优势**

黄田村是中国传统古村落、福建省首批传统古村落、福建省最美乡村,也是省级乡村振兴示范村。漳州能源作为中核集团在闽骨干企业,积极响应党中央号召,充分发挥自身在助力脱贫攻坚项目中的经验优势,全力支持黄田村乡村振兴事业。自驻村以来,漳州能源共有公司领导 13 人次,处室负责人 31 人次,党支部 16 个,党员 180 多名到村里调研帮扶,村党员和黄田小学学生有超过 200 人次到漳州能源参观,双方形成了良好的互动格局。

2024年5月18日，"核"你一起研学，"电"亮心中梦想活动

2024年1月9日，漳州能源党委书记、董事长吴元明率队赴黄田村调研驻村帮扶工作，与当地干部群众亲切座谈。吴元明一行实地察看了黄田村整体环境，公司援建项目、村重点项目实施推进情况，细致了解黄田村基层党建、教育发展、基础设施建设等情况。随后召开座谈会，听取钟德建关于驻村工作的汇报，共同探讨下一步发展思路。

2023年12月21日，在维修党支部指导下，维修团支部组织处室团员青年代表赴黄田村开展帮扶志愿活动。在钟德建的带领下，维修团支部团员代表为部分困难群众送去米、油、慰问金及御寒衣物，送上冬至的美好祝福。

2024年3月28日，在钟德建的号召和组织下，公司多个党支部代表与中核凯利餐饮公司及集团（福建）市场开发部侯威总代表共赴黄田村参加2024年困难群众帮扶工作启动会，并向困难户发放第一期帮扶资金。

钟德建根据黄田村实际情况，在公司大力支持下，制定"大手拉小手，

第二章 核力奉献，干群情深

维修团支部团员青年代表赴黄田村开展帮扶志愿活动

漳州能源领导到黄田村调研帮扶

黄田村小学师生到漳州核电开展核电科普活动

共圆中国梦"专项帮扶计划，发动党支部、各分工会、个人开展多种形式结对帮扶，充分体现央企担当。

2024年5月18日，钟德建组织黄田村小学师生一行到漳州核电开展核电科普活动。在六一儿童节到来之际，点亮黄田村孩子们"科学梦"的同时，也在孩子们的心中埋下了"核电种子"。

驻村以来，钟德建积极为村集体、村民办实事，协调解决居民用水纠纷、建房纠纷，组织维修村里的危房，解决困难大学生的上学问题，多次入户帮扶困难家庭，筹集帮扶资金超过15万元。同时，为村里困难户申请低保17人，申请五保3人，申请临时救助42人次，临时救助资金合计53600元。

在3年多的时间里，钟德建始终牢记驻村第一书记的使命，将黄田村村民的冷暖放在首位。帮扶困难家庭，资助困难大学生，修缮基础设施，抗击疫情……钟德建在驻村工作上身先士卒，把村民的利益放在首位，紧盯百姓急难所盼问题。抗疫期间，钟德建听闻母亲因摔伤而手骨折的消息，也没有放下手头的工作，仍坚守抗疫一线，直到警戒解除，才匆匆赶回家中看望。

让老百姓的日子过热乎、过舒服、过开心，是这位从核电行业来的钟书记一直追求的。因为有了越来越多的钟书记一样的人参与，有了更多像漳州能源一样的驻地企业加入，乡村振兴事业才能越做越好。如今，钟德建已回到漳州能源的工作岗位，却仍一直在为黄田村奔走。在以一名核工业人的身份继续发光发热的同时，"核电钟书记"也将永远刻在钟德建心中。

# "核"力驻村，实干助村

## ——记朱家村驻村第一书记裴海永

"一份承诺，印刻驻村帮扶的足迹；'核'力真心，点燃村民致富的梦想。"2021年9月，经辽宁核电党委选派，裴海永来到公司定点帮扶村——兴城市碱厂满族乡朱家村担任驻村第一书记。两年来，他牢牢扎根驻村工作一线，带领村党支部夯实党建基础、促进产业发展、巩固脱贫成果、改善村容村貌，把所有精力都投入到朱家村的建设发展中，以"韧劲、干劲、巧劲"驻村助村，全力搭建朱家村的乡村振兴路。

兴城市碱厂满族乡朱家村驻村第一书记裴海永

## 规划先行：画好乡村振兴"全局图"

2021年9月，裴海永来到离家50余千米的朱家村，第一件事就是与村"两委"进行深入沟通，了解村基本情况，掌握全村发展的优势和不足。与此同时，裴海永挨家挨户走访调研，了解百姓所盼所需、所想所急。回忆当时，裴海永表示，基层工作没有捷径可走，要带着感情和责任去做。"咱村土地少，只能种点花生、玉米，靠天吃饭，遇到灾年，百姓就苦了""咱村没有村集体收入，村'两委'运行主要依靠上级支持""代屯、王屯的道路几十年没有修缮，遇到雨雪就泥泞不堪，出行都费劲""咱山区农村，环境脏乱，农闲时想找个休闲娱乐的地方都没有"……百姓的诉说和期待深深印刻在裴海永心中，坚定了他助力改变朱家村的决心。

驻村第一书记裴海永入户走访查看蘑菇种植情况

脚下沾有多少泥土，心中就沉淀多少真情。裴海永在一次次走访中为朱家村找准了发展方向。经过深入调研，在公司党委的支持和指导下，裴海永编制《朱家村帮扶振兴调研报告及工作规划》，主导确定了朱家村"生态立村、产业振兴"的发展定位，创新实践"政企民共建"产业新模式，因地制宜逐步培育了"一个支撑、两翼协同"的产业群，持续完善基础设施建设，一幅富村强民全局图徐徐展开。由此，朱家村的发展目标更加清晰，发展步伐更加稳健，振兴之路更加自信。

### 组织振兴：打造乡村振兴"主心骨"

作为驻村第一书记，裴海永始终不忘公司党委的嘱托，牢记自己的职责，认真落实葫芦岛市委组织部、兴城市委组织部关于"抓党建促乡村振兴"的各项举措。一方面，他坚持党建引领，协助村书记重新梳理村党务工作，规范"三会一课"、主题党日等各项组织生活；积极推动党员队伍建设，储备入党积极分子；帮助朱家村重新规划修缮党建阵地，党支部面貌焕然一新；朱家村党支部标准化规范化建设得到全面推进。另一方面，他带头推动落实各项党建机制，与基层治理网格工作制相结合，在防疫、护林防火等重大工作一线，牵头组建党员突击队、应急工作队，充分发挥村党组织战斗堡垒作用和党员先锋模范作用。此外，依托党建联建活动，裴海永通过规划碱厂乡红色活动参观线路，促成辽宁核电及徐大堡核电工程参建单位10余个党支部与朱家村开展联建活动，帮助村集体经济发展。

驻村第一书记"七一"讲党课，凝心铸魂

朱家村三级网格化工作机制　　　　　　　朱家村数字乡村指挥平台

朱家村乡村治理综合积分超市

## 产业振兴：牵住强村富民"牛鼻子"

2022年7月，朱家村古法榨油坊建成投产，裴海永全力投入到拓展销售渠道的工作中。在辽宁核电党委、工会和工程承包商工会的大力支持与帮助下，朱家村古法榨油坊投产当年就取得良好效益，农产品质量收获一致好评。从2021年起，2年间，在辽宁核电两次捐赠的资金和兴城市乡村

朱家村古法榨油坊外景

振兴专项资金的支持下，裴海永及村"两委"带领村民，奔跑在增收致富的大路上。包括朱家村古法榨油坊、碱厂满族乡冷链仓储中心在内的多个乡村振兴项目陆续建成投产。根据市场预期，这些项目每年将为全村百姓带来15万元左右的收益分红，同时解决全村约30人"家门口"就业，不仅让全村脱贫户享受分红增收，壮大村集体收入，而且解决了部分闲散劳动力的就业问题。

在朱家村的发展振兴路上，辽宁核电不仅从资金上给予帮扶，而且由公司领导亲自带队，每年两次赴朱家村对贫困户开展慰问关怀，送去慰问金及各种生活必需品；辽宁核电工会积极支持扶贫村消费扶贫工作，先后组织会员购买朱家村农产品累计2万余元。76岁的老党员、低保户贲长庆说："两年来，村里的漫水桥修好了，出行便利了。辽宁核电还给咱村带来资金，建了油坊，还有冷链仓储中心，给咱村贫困户带来实惠。我是一名老党员，深有体会。"

## 文化赋能：绘就生态宜居"新画卷"

如今的朱家村，尚家沟小流域人居环境提升工程已经完成，绿水青山近在眼前；代屯内部道路一改原貌，百姓出行难的问题不复存在；新建的两个村民文化广场上，是村民们悠闲踱步的身影……朱家村村容村貌发生显著改变，宜居水平大大提升，同时也吸引越来越多的人前来旅游观光，近距离感受乡村的发展与变化。

朱家村村民朱云安说："自从第一书记来到我们村，我们村的环境真的变好了，村班子带头把原来脏乱差的环境进行全面改造，垃圾遍地的情况一去不复返了，我们村民都非常满意。"老旧的文化广场经过修缮，成为村民茶余饭后的好去处。

朱家村秧歌队在初见文化公园广场扭起大秧歌

更让人难忘的是朱家村街头巷尾随处可见的核电元素，包括广场上的核电文化理念展板、路边的路灯道旗、公园内的核电科普宣传栏、小朋友手中的核电科普手册，辽宁核电卡通形象"徐大宝"也被请进朱家村，成为热门景观,受到村民和游客的欢迎。随着相关元素遍布朱家村,核电成了朱家村的"老朋友"。

核电科普宣传栏

辽宁核电卡通形象"徐大宝"

"裴书记,你能经常来看望我,能够和我拉拉家常,还送来慰问品、慰问金,我心里感觉热乎乎的。我年龄大了,没有儿女,住的房子多年漏雨漏风,幸好有你们。政府关心我们孤寡老人,给我盖了新房子,让我安心住进新家,给我办了低保,让我能够生活下去……"说这些话时,老人眼中噙着泪水。"这一年,咱村的新变化,党、政府的政策好,给我们这样的孤寡老人生活、住房、看病等照顾,村里的环境变得干净整齐,你们核电还给咱村建了榨油坊,真好!"年逾八旬的五保户张玉臣在与驻村干部的交流中表达了对辽宁核电的感激和谢意。

"星光不问赶路人,时光不负实干者。"这是裴海永驻村以来始终坚持的信念。全年驻村工作300余天,经常放弃双休日和节假日,很多人觉得裴海永对待工作太拼,他却说:"作为基层干部,就应该始终不忘初心、牢记使命,勇于担当作为,系统谋事、用心做事,撸起袖子加油干,脚踏实地带领乡亲们过上好日子。"朱家村已然是裴海永的第二故乡。

# 为民服务守初心,乡村振兴担使命

## ——记孙柏屯村驻村第一书记白杨

作为一名从农村走出来的核电青年,白杨勇担"接续推进乡村振兴"的使命重任,经辽宁核电党委选派,来到锦州市义县九道岭镇孙柏屯村担任第一书记。一年多来,在公司党委的指导和帮助下,白杨聚焦"加强组织建设、推进乡村振兴、解决百姓困难"的驻村职责,努力发挥自身优势,找准职责定位,扎实做好驻村帮扶工作。

孙柏屯村驻村第一书记白杨

孙柏屯村是由3个自然屯合并而成的全县人口大村,村委会多次换届选举未果。面对村内一系列难题,白杨曾感到焦虑、无从下手。如今,孙柏屯村不仅摘掉"党组织软弱涣散"的帽子,村容村貌焕然一新,而且全村展现出前所未有的凝聚力和战斗力,各项工作名列前茅,党建工作更是成为各村党支部学习的样板。看着全村一片欣欣向荣的景象,白杨深感自豪。

**强基固本,打造"五星堡垒"**

作为驻村第一书记,白杨非常清楚党建工作的重要意义,驻村之初就着手查找支部党建工作的"病根"。"村里一共有68名党员,很多年轻党员外出务工了,留在家的基本都是老党员,平时开一次党会都很难找到人。"在与支委交流时,白杨了解到支部党建工作存在制度建设不完善、工作落实不到位等诸多问题,走过场、做样子的情况较为普遍。为此,他联合支委抓住"关键少数",走访慰问德高望重的老党员和积极上进的年轻党员,与他们唠家常、谈工作,带动其他党员同志支持支部党建工作。

"升国旗 聚合力"活动

参观塔山阻击战纪念馆

乡村振兴共产党员先锋工程授旗仪式

同时，他凭借多年的党建工作经验，按照"做规范、接地气、有特色、见成效"的原则，牵头制定支部党建工作执行手册，规范党建工作制度，明确责任分工；在集中学习活动中选择接地气、好理解，与大家生活息息相关的学习内容；组织开展"升国旗 聚合力"、参观红色教育基地、重温入党誓词等活动；围绕村内重点工作实施多个共产党员先锋工程，充分发挥党建引领作用和党员先锋模范带头作用，党群携手共建美好乡村。在白杨坚持不懈的努力下，孙柏屯村党支部的凝聚力和战斗力得到显著提升，不仅摘掉了"党组织软弱涣散"的帽子，而且被县委组织部评为"五星堡垒"党支部。

**踔厉奋发，接续推进乡村振兴**

"作为党员，能够扎根基层、直面群众，亲身参与推动乡村振兴发展，是一种莫大的幸运和幸福。为人民服务是我的初心，乡村振兴是我的使命，我坚信，只要千方百计谋事、脚踏实地干事、真心实意做事，就能不辱使命、不负组织信任、不枉美好年华。"白杨是这么说的，也是这么做的。在驻村工作中，他牢记"巩固拓展脱贫攻坚成果，接续推进乡村振兴"的要求，将全村96户建档立卡脱贫户的档案记在心上，积极协助镇、村两

协助开展防止返贫动态监测工作

级开展防止返贫动态监测工作，并在辽宁省电视台的支持下，通过北斗融媒体平台宣传孙柏屯村，帮助本村农户推销蔬菜。

白杨以"为群众办实事"为抓手，深入田间地头、走进百姓家中，"察民情，体民意，解民忧"。"咱们村的面积大，国道穿村而过，道路上来往车辆太多了，这几年咱们村的交通事故可多了，晚上黑灯瞎火的真不敢走夜路""村里还有不少土路坑洼不平，遇到雨雪天都没法走""村里的垃圾多，有的地方臭气熏天"……老百姓的叹息和无奈让他如鲠在喉，他下定决心要尽快解决这些问题，百姓"安居"才能"乐业"。为此，他成了镇政府的常客，经常找领导谈工作、想办法、要指标，同时协调公司捐赠专项资金完善基础设施，为村里平整拉秋道5千米、硬化道路3千米、安装路灯46盏、修建垃圾池8座、改造公共厕所1座，并带领广大党员、群众深入开展"美化家园"活动，使村容村貌面目一新。孙柏屯村基本实现村路硬化及路灯全覆盖，一条条街道整洁有序，不仅为村民点亮了"回家路"，解决了夜间出行安全问题，而且丰富了村民的夜间生活，让欢声笑语打破寂静的夜空。白杨为群众办实事、解决夜间出行安全问题的事迹先后被学习强国、《辽宁日报》等多个平台报道,在接下来的驻村时光中,他还将利用公司捐赠资金修建核协文化广场,满足百姓的精神生活需求。

道路硬化施工

"美化家园"活动

为群众办实事工作被学习强国、《辽宁日报》等平台报道

## 情真意切，温暖百姓生活

"孙柏屯村就是我的第二故乡。"白杨把群众当作自己的亲人，竭尽所能帮助他们解难题。逢年过节，他最关心的是村里的困难群众过得好不好，他与同事常自掏腰包，援助金额合计 2 万余元。

村民孙玉亭早年因车祸导致高位截瘫而致贫。了解到孙大爷的情况后，白杨通过线上线下的方式广泛咨询，在辽宁省残联派驻庄河市第一书记的支持下，帮助孙大爷申请到价值3万余元的高位截瘫行走器。在工作人员帮助孙大爷穿上辅助器具扶着他站立行走的那一刻，孙大爷拉着白杨的手流下激动的泪水："我都不知道怎么感谢你才好，好孩子，你帮我实现了此生最大的愿望！"

驻村期间，白杨牢记为人民服务宗旨，协调有关部门和单位开展捐资助学、免费体检、拓宽低收入群体增收渠道等一系列惠民工作，用真心温暖了父老乡亲的生活。

**冲锋在前，构筑防疫长城**

战"疫"期间，白杨顾不上即将生产的妻子，与村"两委"扎根基层一线，带头冲在防疫最前线。他本着"严防死守防止疫情扩散、多措并举保障百姓生活"的原则，联合村委制定村级防疫应急预案，成立疫情防控

 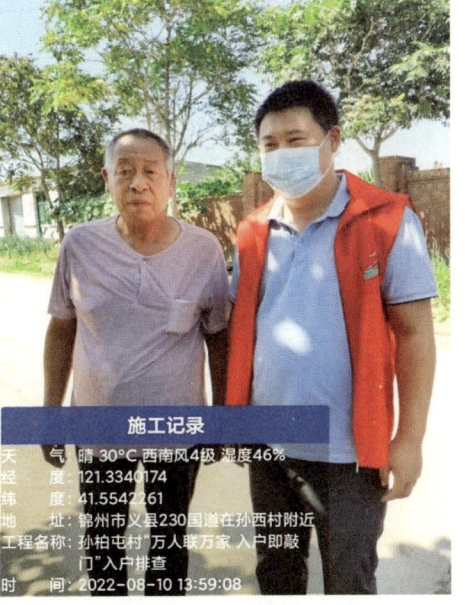

"万人联万家 入户即敲门"入户排查活动

工作组,实施共产党员先锋工程,采取合理措施,做到防疫与百姓生活保障两不误。"疫情就是命令,防控就是责任。"白杨在2022年开展"万人联万家 入户即敲门"入户排查工作13次,用实际行动展现共产党员的责任担当,保护全村百姓的人身安全。白杨因在防疫工作中的突出表现,被义县委组织部评为优秀党员并获通报表扬。

白杨被义县委组织部评为优秀党员并予以通报表扬

## 活力青春,展现"中核"风采

驻村期间,白杨充分彰显了核电人的精神风貌,积极投身公益文艺演出,用活力四射的青春朝气,让驻村生活更加绚丽多彩。他在第五届中国农民丰收节(辽宁省主会场)庆祝活动暨锦州·义县第三届花生节开幕式上,与其他驻村干部联袂演唱《我们的名字叫第一书记》,获得各级领导和观众的一致好评;同时,他积极参加"喜迎二十大 奋进新征程'乘时代之风 踏幸福之路 促义县振兴'"活动,沿着习近平总书记的足迹,在锦州市东湖森林公园继续唱响《我们的名字叫第一书记》,展现新时代基层工作者的风采,引起锦城百姓的热烈反响。

"尽最大努力帮助他人,也是在成就自己。"这是白杨在驻村工作期间领悟的哲理。2022年底,白杨因在驻村工作中的突出表现,以驻村干部身份获得义县第七届道德模范之"敬业奉献模范"荣誉称号,先后受邀观看义县春晚、参加学雷锋启动大会等重要活动。

参加农民丰收节开幕式

参加锦州东湖森林公园义县专场演出活动

540多天的夙兴夜寐，49000多千米的日夜兼程，白杨用行动提升了全村的凝聚力和战斗力，用汗水见证了村容村貌焕然一新，用真心温暖了父老乡亲的生活，他以"千方百计谋事、脚踏实地干事、真心实意做事"的姿态守初心、担使命，在乡村振兴的舞台上绽放"魅力核电"之光，助推孙柏屯村走向振兴发展的康庄大道。

# 以家国情怀助乡村振兴

## ——记大京村驻村第一书记张银林

位于福建省霞浦县东冲半岛中东部的大京村，名字响亮，是一个距离霞浦核电不远的古村落。大京村为海防要塞，历史悠久。大京村古称大金，为防倭寇侵扰，明洪武二十年（1387）设"福宁卫大金守御千户所"，建城堡一座，历600多年风雨依旧完整。大京城堡于1991年列入福建省第三批省级文物保护单位。

大京村旅游资源丰富，景点众多，风光独特。距大京城堡约1.5千米的黄金沙滩，全长3000米，沙质细腻洁净，为闽东第一大沙滩，有"闽东夏威夷"之美誉。

虽然大京村人口多、土地多，旅游资源丰富，但作为霞浦核电派驻大京村的驻村第一书记，张银林很快发现，大京村与新农村建设标准还有较大差距。村里基础设施落后，主干道为10多年前浇筑的水泥路，其他小道多为沙石路面，休闲娱乐场所缺失，污水排放未纳入管网，古堡缺乏保护，城墙、老屋、路面破损严重，亟待修缮。最重要的是，大京村产业缺失，村民多从事农业生产。村集体经济收入主要为生态林补助，经营性收入偏低，自身"造血"能力不足。

霞浦核电驻村书记张银林与大京村村民开展茶话会

## 了解民情，体察民意

张银林来到大京村后，尽其所能，认真履行驻村工作职责，他深知深入了解这片土地的重要性。他认为，只有了解民情，才能解决民意。张银林及时听取在外乡贤、在村老人、村中老党员的意见和想法，编制大京村振兴五年发展规划：推动大京城堡创建为全国文物保护单位，大京景区创建为AAAA级旅游景区，大京村创建为省级传统古村落、省级爱国主义教育基地、省级金牌旅游村，大京村创建为环境优美、资源丰富、民风淳朴、安居乐业的示范新农村。2年间，在公司领导及各部门的关心支持下，在县、镇领导的关心支持下，张银林提出"立足古堡旅游、推进产业强村"的总体思路，做到强化组织建设，改善村容村貌，丰富旅游产品，坚持特色产业，服务村民群众。

如争取县水务公司负责运行饮水处理系统，解决日常水质差的问题；选定10户困难户与公司各支部结对扶贫，每年由公司团委与村小学开展庆"六一"助学活动；每年安排公司相关领导慰问村党员、老人和村委干部；组织村民参观核电科普，了解核电，支持核电；等等。

**重视组织力建设，争取"娘家人"支持**

张银林深知乡村振兴的关键在于干部、在于执行。2年间，他为村干部提供学习材料，提供制度样本，强调村"两委"会议事规则，组织村干部和老党员、老同志到乡村建设领先的村庄学习交流。

面对大京村基础设施落后、没有村财收入的困难，张银林多次向公司反映，争取"娘家人"的资金支持。公司帮助大京村陈列馆进行修缮和布展，使其成为核电科普馆为村民普及核电知识。同时，公司响应宁德市

大京村留守儿童在霞浦核电科普展厅合影留念

"我在乡间有亩田"活动,组织各支部党员在大京村领耕20亩农田,支持村民农业生产。

金秋时节,稻谷飘香,来自霞浦核电,中核二公司、三公司、五公司的近百名职工及家属,来到大京村体验田。张银林说:"我代表大京村村委对'娘家人'的到来表示热烈欢迎,感谢各单位员工前期积极认领大京村抛荒地,希望大家感受劳动之美、丰收之美、自然之美,助力大京村乡村振兴工作。"

### 寻找经济支撑点,重视人才振兴

长久以来,大京村浓郁的历史氛围和雄奇秀丽的自然景观吸引了众多游人。村内,上百年的老屋鳞次栉比,古老幽深的巷道隐匿于古厝之间,花岗岩铺成的古街直贯东西,中间矗立着玲珑的街亭。

这样的大京村,却面临产业缺失、活力不足的困境。张银林认为,只有村集体经济有活力,村财收入才能有源头。村集体经济发展必然要依靠村"两委"、依靠村里能人和乡贤的力量,振兴产业发展。

2年间,在张银林的努力下,陆续有乡贤回归。大京村村委与一名乡贤签订合作协议,委托其负责村农田流转、规模化经营和观光农业生产,支持其开发古城堡文化产品,推进文创产业落地,让历经600多年风风雨雨的大京城堡焕发新生。

张银林推动专业合作社发展,助力窑后自然村和起盛合作社争创县级先进合作社。大京村村委与霞浦一日游旅游公司签订战略协议,委托其在窑后村进行旅游项目投资,并协助合作社抓好土地开发和药材种植等。支持丹湾自然村成立专业合作社,以及时推动村自然资源委托经营及住房出租经营等业务。成立主要由村"两委"成员组成的京盛农业专业合作社,应对各类投资开发。

张银林还积极推动大京村与特佳星能源科技有限公司洽谈,引进其股东公司北京和庆投资有限公司的投资,双方合资成立大京氢能有限公司,引入以氢能源为主的多种新能源开发技术,拟在大京村实施渔船动力和安全性改造、笔架海岛亮化工程和海洋牧场、氢农村建设等项目。

大京村作为福建省最受欢迎的水乡渔村,始终坚持发挥地处福建独特的优势,转变渔业发展方式,延伸滨海旅游产业链,吸引更多投资者投资新项目,携手奏响欢畅的海滨序曲。张银林主张加强与景区合作,加强与金海旅游公司的沟通,积极反馈村民的意见和诉求,协调大京村新农村建设、城堡开发经营,开创新农村建设与大京景区建设协调发展、共同繁荣的美好前景。

## 星光不问赶路人,时间不负奋斗者

乡村振兴是一项浩大且长久的事业,需要驻村干部抱持服务乡村振兴的家国情怀。驻村干部出于对乡村振兴的热望,在单位的支持鼓励下,自愿到乡村建设的第一线,为乡村振兴作出贡献。驻村工作期间,面对各式各样的困难,他们的家国情怀始终没有改变。星光不问赶路人,时间不负奋斗者,张银林就是这样的驻村干部,是无数扎根一线的驻村干部中的一员。

# 扎根基层的乡村振兴多面手

## ——记三门核电驻村帮扶组常驻人员陈国荣

自 2021 年 8 月从三门核电挂职到地方基层锻炼,他始终牢记"宣传核电、服务群众、助力三门、企地共赢"的职责使命,奔走在三门核电、健跳镇党委政府、三门县发展和改革局、三核村等多个单位,身兼数职,写好核电基层干部助力乡村振兴、强化企地融合的青春文章。他就是三门核电项目前期科科长陈国荣。

三门核电结对帮扶三核村 2021—2023 驻村干部陈国荣

## 乡村振兴、共同富裕的践行者

省级结对帮扶工作是浙江省委、省政府持续推进的一项民生工程。三门核电结对帮扶健跳镇三核村，公司派陈国荣担任驻村帮扶组常驻人员，并挂职健跳镇党委副书记。陈国荣刚到三核村时，全村集体经济收入不足15万元，是三门县集体经济薄弱村。面对"一无矿产资源，二无旅游优势，三无建设用地，四无村办企业"的窘境，应该如何带领全村实现乡村振兴？陈国荣通过入户调研、走访交流、召开村民代表大会集思广益、拜访村中贤达、参观学习共同富裕先行村等方法，终于找到了一条"整合全村资源，创建零碳示范"的发展新路子。

一是利用零碳产业创富。光伏入村，陈国荣牵头招引中核汇能浙江公司投资8300万元，利用206亩甲鱼养殖荷塘，建设18兆瓦渔光互补项目，实现顶层晒"日光"、中间养荷花、塘里养甲鱼的美丽景象。该项目建成后，年发电量约1800万度，可覆盖全村用电量，每年为村集体增加收入25万元。商贸进村，帮助村里成立三核村经济发展公司，培训村中富余劳动力为核电工程、中核汇能三门光伏项目等提供建设安装、生产生活配套服务，增加村集体收入约10万元，增加村民收入约200万元。整合全村闲置民房，打包出租给核电承包商，截至2023年底，已出租120多套民房，增加村民当年收入300万元以上。农场兴村，筹措资金350余万元，计划投资建设33亩零碳智慧果蔬大棚基地、10亩红美人生态种植基地，升级4亩核电共享农场，并注册三核村"秋满园"特色农产品商标，在三门核电开设农产品展销专柜，生态甲鱼、竹林鸡、荷塘鸭、红美人柑橘以及鸡鸭禽蛋、新鲜蔬菜等特色农产品直供核电南区北区2个食堂和海逸酒店，截至2023年底，销售农产品超过130万元，每年增加村集体收入20万元。

二是打造零碳环境享富。建设"一绿一塘、一园一场"。一绿，投资260万元建设里峙水库2千米环湖观光旅游健步绿道；一塘，引入社会外部资本，招引台州秋满园农产品公司投资 400 万元，建设 200 亩生态荷花塘种植基地和生态莲籽深加工"共富工坊"；一园，申请到 157 万元财政资金，改造升级 86 亩大冲港"沁荷园"生态荷花公园；一场，投资 150 万元，开展全村人居环境整治和美丽乡村建设。后续还在三核村林地推广种植毛竹、松木等，加上荷花塘和农业智慧大棚果蔬的吸附固碳量，完成抵扣全村碳排放量，真正实现三核村碳中和，让村民们共享风景优美的零碳生活环境。

三门核电出资捐建的三核村党群服务中心

三核村在三门核电的帮助下，于 2022 年 10 月被浙江省发改委认定为浙江省第二批"低（零）碳未来乡村"创建试点村。陈国荣通过搭建"央企+镇党委+村党支部"党建联建新渠道，以绿色零碳、生态文明为切口，打造"百姓身边可见、群众真实可感"的共富新场景，实现"绿水青山"向"零碳富地"的升级转型。

2023 年，陈国荣结束驻村工作时，三核村总收入达 109.48 万元，是 2021 年结对帮扶之前的 7 倍多，其中，经营性收入 64.42 万元，补助收入

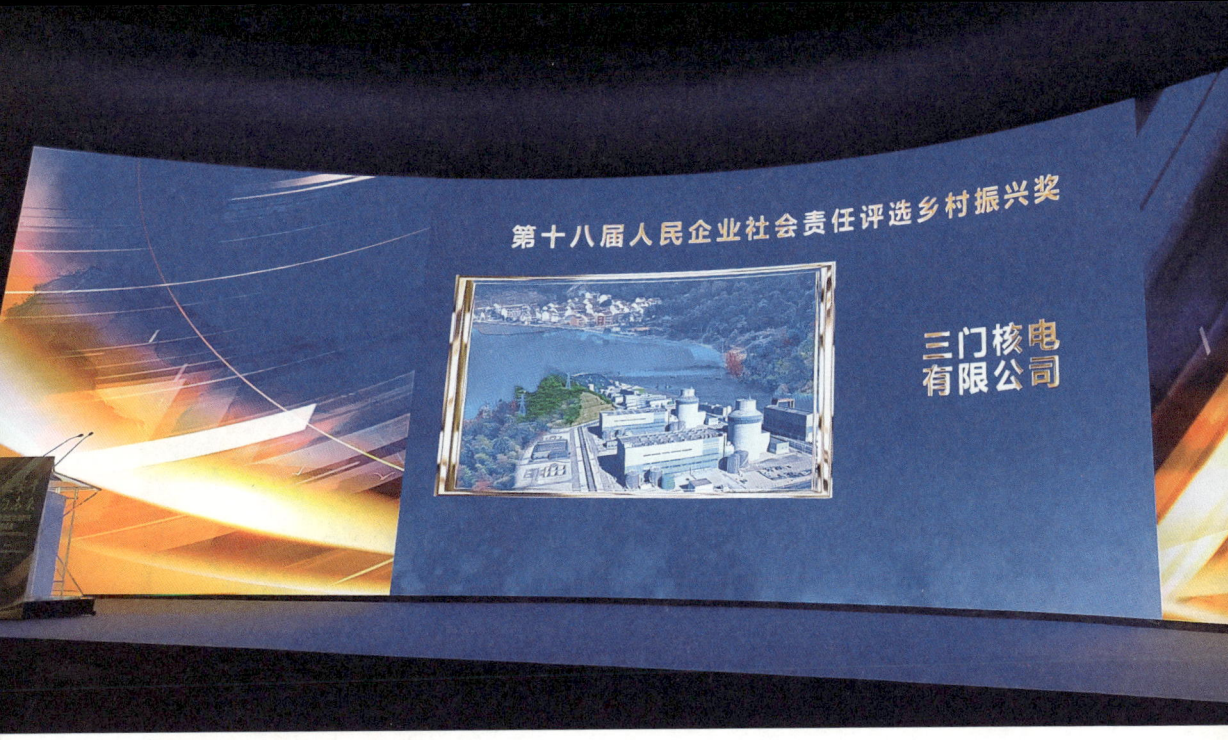

三门核电获第十八届人民企业责任评选乡村振兴奖

44.01万元,三核村彻底甩掉了三门县集体经济薄弱村的穷帽子。同时,三门核电结对帮扶三核村打造"核我一家·零碳共富"品牌,2023年成功入选三门县"共富窗口"十佳典型案例、浙江省新型帮共体助力山区县乡村振兴典型案例、电力企业社会责任优秀案例,并在人民日报社举办的第十八届人民企业社会责任荣誉盛典上荣获乡村振兴奖。

**困难群众的贴心人**

陈国荣在担任驻村帮扶组常驻人员期间,挨家挨户走访全村25户低收入困难家庭,制定了"一户一策"帮扶清单,精准实施就业帮扶、教育帮扶、产业帮扶等举措。

王孝省是三核村村民,46岁,身高1.7米,看上去很精神。家中上有父母,他与妻子生了两个儿子,日子原本过得平淡而有序。就在2022年,他接连遭受父亲离世、自己身患重病的打击,原本平淡而有序的生活被打破。在陈国荣的帮助下,王孝省得到及时治疗,但康复后已无法从事大棚

陈国荣走访三核村因病致困村民王孝省

种植工作。

2023年正月，春节刚过，王孝省又开始为生计发愁。母亲年迈多病，妻子因常年操劳落下风湿病，不能从事体力活，只能做些编织串彩灯的手工活贴补家用，两个儿子还在上学，自己还得花钱买药，王孝省急得说要出去打工赚钱养家。陈国荣了解王孝省曾在宁波某餐饮公司做过食材配送，于是联系中核凯利（深圳）餐饮管理有限公司三门分公司，让王孝省和村里其他农户负责三门核电食堂农产品配送的部分业务，并协助其在食堂二楼超市开设结对帮扶农产品销售专柜，让全家有了稳定收入。"现在就等村里的生态有机果蔬大棚建起来，我就可以回归老本行了！"王孝省说。原来，陈国荣打算，等三门核电资助村里的33亩大棚建起来，推荐王孝省作为技术顾问。对于未来的这份工作，王孝省满怀期待。

**三门能源产业高质量发展的好参谋**

经公司推荐，2021年8月—2023年11月，陈国荣借调到三门县发展和改革局能源工作中心,参与谋划发布了《三门碳达峰实施工作方案》《三门县能源发展"十四五"规划》《三门县新能源城核心区建设方案》《三门县热电联产规划(2023—2025年)》等方案和规划,开展"能耗双控"行动,推进全县屋顶光伏和滩涂光伏建设,参与高质量建设发展三门县共同富裕示范区,并参与三门县新能源产业招商引资工作。

借调期间,陈国荣担任三门县支持核电办公室主任,推动各类政策落实,更好服务核电项目各家参建单位;担任能源工作中心副主任,推动中核汇能滩涂光伏一期200兆瓦项目成为浙江省重点能源项目,该项目在2023年底并网发电;担任三门新能源及高端装备制造产业链招商工作专班组长,助推投资22.8亿元、年产值50亿元的三门汇科新能源有限公司储能智能制造及储能变流器产业基地项目落地三门县滨海科技城;担任三门县新能源产业城办公室常务副主任,推动三门核电工业供汽项目纳入台州"沿海热力一张网规划"。

陈国荣向三门县委书记陈曦介绍三核村招引新能源项目情况

### 核电科普的明星宣传员

在日常工作中,陈国荣积极向三门县干部和群众宣传核电知识,介绍核电安全低碳、清洁高效的能源特性,讲好中国核能发展故事,传播企地融合正能量。2023 年 9 月 26 日,在中国核能行业协会举办的第六届核能公众沟通大会明星风采展示大赛上,陈国荣讲述三门核电"暖邻"轶事和企地融合发展实例,获得第六名,被授予核能公众沟通"明星演说员"称号。

陈国荣在 2021—2023 年连续三年被浙江省委组织部和浙江省乡村振兴局考核为"优秀",先后获 2022 年三门共同富裕先行示范县建设突出贡献个人、2023 年三门县乡村振兴工作突出贡献个人等荣誉。面对取得的成绩,陈国荣没有骄傲自满,而是坚持扎根基层,不断推进工作的创新和发展。正如在希望的田野上,一颗颗种子正在积蓄向上生长的力量,而像陈国荣这样一个个奋斗的身影,也正在谱写乡村振兴、企地融合共赢发展的崭新篇章。

陈国荣获核能公众沟通"明星演说员"称号

第三章
# 核力共进，美丽乡村

村庄美、村风好、村民富

# 核进共富工坊

## ——记秦山核电乡村振兴工作

2019年，秦山核电携手进士村成立核进农业开发有限公司；2022年3月，原核进农业开发有限公司全面提档升级。新公司联合顺溪全镇22个行政村，携手打造产业共富联盟。

核进共富工坊是顺溪镇党委牵手平阳县核进农业开发有限公司，与本地红色超市联手打造的品牌带动式共富工坊。工坊以"党支部+村集体+

顺溪镇共富项目"核进"公司揭牌仪式

"禾进"茶园

企业+低收入农户"的发展模式,依托各村红色超市分部,统一收购顺溪镇各村所产黄年糕、熏兔、茶叶、笋干等特色农产品,打造"线上+线下"的展销平台进行统一销售。工坊成立以来,销售金额超过 400 万元,带动 110 人就业,每人每年增收近 4000 元。

### 村企"结对子",培优育好本土品牌

村企联动育品牌。顺溪镇 22 个行政村依托核进共富工坊,共同入股平阳县核进农业开发有限公司,先后注册"核进""禾进""顺溪优选"三个商标,立足最好最优,打造具有地域特色,拥有较高知名度、认可度的本土农产品品牌。

制度规范促运营。探索健全"1+3+N"体系,即以核进共富工坊为核心,建立季度会员会议、月度联合党委委员会、日常议事协调三大工作机制,组建综合协调、党建共建等 5 个工作小组,推进工坊高效运行。

资源整合优产品。依托每个村社搭建商家载体,由工坊分站点对产品

直播带货现场

进行筛选、收购。工坊对统一收购的产品进行策划、包装、优化产品属性、增加附加值后统一定价销售。

## 多方"找路子",共建共享优势资源

小清单解决大问题。针对顺溪镇辖区分散,农产品分布"零、小、散"等问题,牵头谋划"一村一品"产品项目清单,通过信息共享、人才共用、资源共济、订单共商、活动共办"五共活动",实现抱团取暖、合作共赢。

小平台发挥大作用。采取"实体店+电商"的运营模式,借助电商平台,搭建"网红经济体",先后入驻惠农网、微信微店等,同时利用抖音等直播平台,召集党员、村干部开展"书记卖山货"、"党员云直播"、交易推广会等活动,让特色农产品走出"深闺"、走俏市场。

小服务助力大发展。统一制定党员一线指导法:一方面通过党员把好农产品"源头、质量、售后"三道关,使党员成为指导员、监督员、宣传员、销售员;另一方面让有技能、有经验的党员和贫困户结成帮扶对子,免费进行种植技术培训。

## 共绘"好日子",农旅结合共促发展

创新"金点子"产品。为打造品牌、提高效益,积极结对秦山核电定制工会农产品礼盒,联合民宿群打造旅居伴手礼,创新"越剧+游船"销售模式,推出观光美食餐车等。一年间,通过秦山核电定制的农产品销售额达 200 万元。

做大"聚合性"项目。聚焦山区村"一村一品",如维新社区抱团打造高山梯田农旅项目,望眉村和顺溪村推出黄年糕制作技艺与水碓体验项目,岭后村结合山油茶茶园打造山油茶加工厂项目等,综合协调全域优势农特产品,抱团整合同品类项目,实现"1+1＞2"的效应。

推动"后备箱"经济。结合顺溪镇"旅游主业化、全域景区化"带来的巨大发展机遇和广阔发展空间,设计特色旅游周边产品,如在黄年糕水碓体验基地推出福山、古屋、十二生肖等造型的黄年糕,在溪南红色超市推出武林元素的功夫酒等特色农产品,实现旅游和"后备箱"经济双带动。

"后备箱"经济

# "没有核电的帮扶，就没有后腰村的今天"

## ——后腰村村支书杨绍朋眼中的核电帮扶

2023年3月，在四队镇村集体经济"结对打擂"会议上，我坚定而自信地表示："后腰村2023年村集体经营收入目标是达到200万元！"那一刻我心潮澎湃，坚信我们可以达到这个目标。但是，仅仅4年之前，后腰村还是远近闻名的"穷村"，莫说年收入200万元，就是2万元都做不到。

后腰村，位于江苏省连云港市灌云县四队镇。这里没有高效农业和经济作物，村民靠种植稻麦为生。村人均田地不到9分，很多村民年收入不

新建的四队镇后腰村便民服务中心

超过 1 万元。一年又一年，我们一直走不出贫困的循环。2017 年，全村有建档立卡贫困户 57 户 138 人，是江苏省定经济薄弱村。

**让脱贫致富的心热起来**

从 2002 年起我就担任后腰村村支书。后腰村不靠山、不临河，无集体资产，更无集体产业，基础设施薄弱，增收脱贫非常困难。我们迫切需要有人帮一把，点燃脱贫致富的斗志和信心。

2018 年，根据江苏省新一轮"五方挂钩"帮扶安排，江苏核电挂钩帮扶后腰村。这一次，我们能否迎来机遇？我内心充满期待，又有些忐忑。江苏核电表示，将确保帮助后腰村在 2020 年实现脱贫摘帽，并衔接筑牢乡村振兴基础，坚决做好后腰村乡村振兴的坚强后盾。江苏核电行动迅速，成立了帮扶工作领导小组，制定了帮扶工作方案，又选派优秀青年伏学立作为驻后腰村第一书记，两年拨付帮扶无偿资金 260 万元，争取到江苏省委驻灌云县帮扶工作队的调剂帮扶资金 144 万元。后腰村共获得两年发展资金 404 万元。资金和资源是发展的核心基础，有了资金，我想我们确实迎来了机遇。

伏书记一进村，就和我们一起忙碌起来，彻底地融入了后腰村，成为我们的一员。我们梳理后腰村的资源禀赋和优势劣势，经过 2 个月的深入调研，最后扬长避短、对症下药，制定出两年发展初步规划。

有资金扶持、有规划、有目标，我们村干部和村民看到了希望，脱贫致富的心终于热起来。

**让乡村振兴的路宽起来**

"关键是要找对路子。"我们想找到一条让后腰村越走越宽、越走越长远的路。简单发钱发物，治标不治本，还容易让部分村民滋生"等靠要"

的心态；修路盖房，无法让村子真脱贫、脱真贫。

产业扶贫是最直接、最有效的办法，也是增强贫困地区"造血"功能的长远之计。循着习近平总书记指明的方向，我们决定发展符合村子实际的产业果蔬大棚，并确定"集体+技术能手+低收入户"的运营模式，以销售收入按比例分配激发技术能手的内生动力、凝聚参与各方的积极性，以技术能手负责运营成本有效降低成本、减少运营风险，以务工岗位和免租金大棚分配种植确保低收入户收益。

2年间，江苏核电帮助后腰村建成村集体所有连栋大棚2万平方米、拱形大棚7000平方米，并成立村集体企业灌云绿田青湾农业开发有限公司负责运营。2019年8月，后腰村果蔬大棚产业首批西瓜喜获丰收，让村集体有了多年来的第一笔产业收入。"十几年来，我们村集体账上经营性收入年年为零，这第一茬西瓜我们就卖了13万元。大棚一年可产果蔬产品三四季，预计产业收入一年至少30万元。"村会计王成义的账越算越高兴。

大棚的成功运营给了我们极大的信心和底气，我们敢想了，也敢干了，思路彻底激活了。我们开始招商引资，吸引不少大户承包村里的土地，实施稻蟹混养800余亩、特色瓜果种植100余亩，不单让村民实现"家门口"就业增收，还为后续自行发展特色农业奠定了技术和市场基础。2020年，我们村就从以往零高效农业进展到超过80%的土地用于发展高效农业。

大棚的成效还带来了意外惊喜。由于村集体大棚产生了良好的示范效应，村民也开始在村集体大棚周边经营大棚，镇里把新的大棚产业规划到后腰村大棚周边，逐步形成面积200多亩的大规模大棚集群，种西瓜、西红柿、黄瓜、辣椒、西葫芦等各类果蔬，还形成水蛭、豆丹等养殖产业，四队镇农业产业得到提升。以前我们种了东西要去找市场，现在有规模了，市场开始主动找我们。后腰村大棚产业获评党建引领脱贫攻坚示范项目。

伏书记刚来时，我们村部已成危房，村干部平时就在会计家里碰头办公，伏书记看到后很惊讶："这哪行，老百姓找我们都不知到哪儿找，有什

大棚内外景

么政策也没法向大家宣传贯彻。"江苏核电帮助我们建设了全新的便民服务中心,每天村干部在岗上班,规章制度上墙,精气神为之一变,村民常来便民服务中心转转,增进了干群关系。

此外,江苏核电非常重视民生基础设施,帮助我们建设村民文化广场和大舞台,村里搞活动有了场地;又帮我们新装135盏路灯,基本覆盖主要道路,从此村民晚上出行不再靠星星照明;还建设了村口标识牌,提升了后腰村的品牌形象。

有了这些项目,我们打赢脱贫攻坚战是不愁了,压在我心里多年的问题解决了。

### 让乡村振兴的速度快起来

"我们要发挥自身优势,积极探索新的帮扶措施,让乡村振兴的速度加快起来。"江苏核电党委提出新的目标,积极探索和自身优势相结合的帮扶方式。

经过深入调研,江苏核电发现空气过滤器在核电机组里用量大、生产门槛低,具备在后腰村生产的可行性,于是决定订单式扶持后腰村发展空气过滤器产业。空气过滤器能够净化空气中的粉尘杂质,适用于工厂、医

连云港绿田青湾空调净化设备有限公司

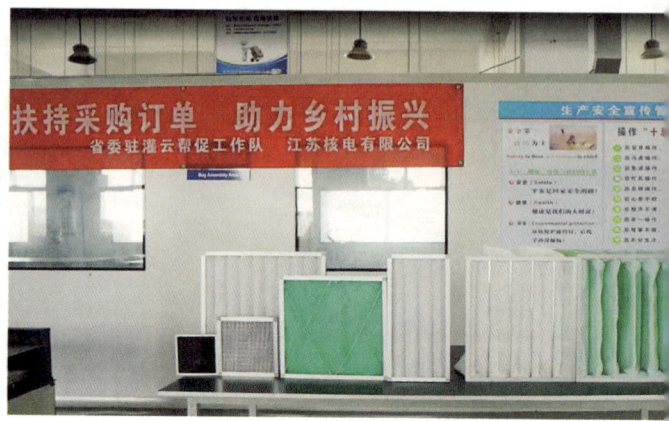
过滤器产品

院、办公楼等各类有空气洁净需求的场所。江苏核电帮助我们成立连云港绿田青湾空调净化设备有限公司，产业由后腰村集体控股，并负责生产经营，又引入合作方帮助我们从技术和管理上跨过生产门槛，以订单合同降低产业发展风险，给村子带来又一个稳定有效的增收产业项目。2020年产业建成投产，至2023年6月，江苏核电订单帮助我们获得销售收入超过360万元。这个项目因其长远稳定的收益，获得干部群众交口称赞，县领导到江苏核电交流时也指出，空气过滤器产业是核电帮扶的亮眼品牌。

江苏核电还协调连云港金辰实业有限公司在灌云县举办就业帮扶专场招聘会，重点面向灌云县招聘核电项目技术人员、后勤服务人员等，提供适合困难群众就业的岗位500余个，吸引数百名村民参加，帮助10余名群众实现就业。

江苏核电注重让帮扶成果全面覆盖，组织50名困难学生参加"核电伴我行"教育帮扶夏令营，开展红色爱国主义教育、核电参观、科普知识讲座、与高考状元交流、北京大学参观等活动，为学生们开阔了视野，帮助他们立志成才。

经过江苏核电两年的帮扶，加上县、镇党委政府的大力支持，我们积极推进建设水泥路、小桥、电灌站、水渠等基础设施,改善村民生产生活条件。后腰村的发展变化称得上翻天覆地。

两年挂钩期结束后,江苏核电仍然"扶上马送一程",继续帮助我们推进乡村振兴。除了源源不断的空气过滤器订单,还帮助推广稻鱼共生米品牌,在公司内部组织展销会,帮助我们获得销售收入17万元。2020年,后腰村经营性收入达50万元,之后持续上升,2022年达100万元。2023年上半年,仅空气过滤器销售收入一项已达140万元。后腰村从过去远近闻名的"穷村",到现在成了远近闻名的"发展明星村",我本人也很荣幸成为近五年灌云县唯一从农民村支书选上的副镇长。

没有江苏核电的帮扶,就没有后腰村的今天,这是我诚挚的感受,也是镇、村干部群众的共识。言语无以表达我们的感激之情,谨代表后腰村1820名村民衷心祝福:愿江苏核电越来越好!

"核电伴我行"教育帮扶夏令营

# 乡村振兴这条路会越走越宽

——竹岭村村民陈世文眼中的核电帮扶

我的家乡旧竹岭村位于福建闽清县东北部，距闽清县城 50 千米、东桥镇 17 千米。全村总面积 12.7 平方千米，辖 3 个自然村，共 138 户 583 人，有耕地面积 989 亩、林地面积 15730 亩，主要经济作物为松、杉及杂用材林。竹岭村在海拔 860 米的偏远高山上，村民与外界基本脱轨，属于市级贫困村。

1995 年，旧竹岭村全村集体经济收入不超过 5000 元，村民人均可支配收入 500 多元，主要靠种田、种地瓜为生，加之交通极其不便，日子过得十分艰难。村中只有一所小学，教育资源匮乏。幸运的是，1995 年，旧竹岭村被列入市级造福工程，整村搬迁至闽清县东桥镇北洋金刚坂。

1996 年 2 月 9 日，时任福建省委副书记、福州市委书记习近平同志亲临东桥镇竹岭村调研，充分肯定了造福搬迁成果，并对竹岭村今后的发展作出明确指示，此后我的家乡发生了巨大的变化。

我对那一年记忆犹新，春节前我们全家搬进新房子，新房中有水有电，每个人脸上都洋溢着发自内心的幸福笑容。到 2017 年，通过美丽乡村建设，竹岭村完成环境"六清"整治，并达成水电创收、农业创收，就此告别了贫困。

为更好地响应国家的乡村振兴战略，福建省派出驻闽清县东桥镇竹岭

第三章 核力共进，美丽乡村

原竹岭村第五、六届支部书记杨祖英（左一），竹岭村驻村第一书记何阳（左二），东桥镇党委书记黄祥灿（中），竹岭村包村领导张巧云（右二），竹岭村支部书记杨武钟（右一）

村驻村第一书记何阳。我知道，在党的领导下，在福清核电的帮助和支持下，我家乡的发展会驶上快车道。

2023年春节，听说在竹岭村部要举办一场迎春活动，我一时间充满好奇，因为竹岭村这么多年从来没有举办过类似活动。

正月十四，我以志愿者的身份带着女儿来到活动现场。第一项内容是张秀明老师向孩子们讲述关于元宵节的神话故事。讲到故事中人物的神态和动作时，张老师刻意放慢语速，手舞足蹈模仿人物的神情，肢体语言丰富又传神。小朋友们被深深吸引，听得异常认真。

张老师对少儿阅读教育有着自己独特的见解，她讲述的故事传递着她的教育理念，让乡村孩子们喜欢上阅读。看着张老师讲故事的情景，我想到竹岭村搬迁前，教育资源匮乏，村里好多孩子小学没毕业就辍学了。我运气好，在整村搬迁下山后于北洋小学毕业，后来又取得中学文凭。

现在我的家乡教育资源越来越丰富，但乡村振兴中的文化、人才振兴

亲子共读现场

还有很长的一段路要走，需要无数引路人传承文化、传播文化、培育文化，引领构建乡风文明。

"咱东桥，变化大，请你听我夸一夸；（合）
高速路，通四方，欢迎游客来观光；
瓷天下，鱼天下，六大天下美名扬。
户脱贫，村摘帽，勤劳走出幸福道。
树新风，革陋俗，东桥也是顶呱呱；（合）
不浪费，不攀比，勤俭节约要记牢。
邻里间，和睦处，互帮互助似一家；
老人笑，小孩跳，尊老爱幼传美德；
有垃圾，及时清，条条街道宽又净；（女生）
养禽畜，打疫苗，粪便不往河里倒；（男生）
有秸秆，严禁烧，屋前屋后勤打扫；（女生）
大东桥，新风貌，虎虎生威特骄傲。（合）"

清脆的快板夹杂着鞭炮声，孩子们赞扬家乡的可喜变化，宣传尊老爱幼、勤俭节约等传统美德，让人们深刻感受到东桥镇这些年的巨变，"六天下"的美景、移风易俗的"新风"、"六清"治理的文明乡风，让我们为家乡感到自豪。

　　猜灯谜是元宵节习俗，启迪智慧，又烘托节日气氛。老奶奶牵着孙女的手，念道："春绿秋黄田里长，秋天一到脱衣裳，颗颗珍珠把它尝。打一农作物。"孙女急得抓耳挠腮。志愿者送上节日慰问："老奶奶春节好！开开心心过元宵，这是您的小礼物。"

　　其乐融融的氛围里，大家相聚共庆佳节，谁还在意谜底是什么？村民

快板表演顺口溜

其乐融融猜灯谜

们团结一心，乡村振兴这条路我们会越走越宽。

中国摄影师协会会员、福清核电工会干事苗伟为大家拍摄了"全家福"。她用镜头记录活动中的最美瞬间，为前来参加活动的村民定格和谐幸福，把志愿者的无私奉献、参与者的喜悦欢快、淳朴和美的乡风民俗、文明祥和的过节气氛通通收入镜头。全家福正是家庭凝心聚力的体现，而乡村振兴正需要全党全社会全体村民凝心聚力，只有团结一心、艰苦奋斗、勇毅前行，才能在乡村振兴的路上风雨无阻、乘风破浪。

正如驻村书记所说："文化有多丰富，精神就有多富裕，幸福就是这么简单！"衷心希望竹岭村在各级党政的正确领导下，在福清核电强有力的支持和帮扶下，不断探索、挖掘、融合、创新，践行一条适合自己的乡村振兴之路。

# 点点滴滴，串成三核村难忘回忆

——三核村村总支书记李谦统眼中的核电帮扶

省级结对帮扶工作是浙江省委、省政府持续推进的一项民生工程，根据浙江省委组织部和省乡村振兴局安排，三门核电于 2021 年 8 月 23 日起派驻专任人员常驻三门县健跳镇三核村结对帮扶。2 年间，一起工作、生活的点点滴滴，串成三核村村民与三门核电最美好的回忆。

## 3 天抢收 35 亩"红美人"柑橘

"红美人"柑橘是三核村集体经济的重要来源之一。原本每年 12 月到春节前夕是"红美人"采摘期，但 2021 年 12 月，受疫情和寒潮双重影响，村里 35 亩"红美人"面临抢收以及急售的困境：2 万多斤"红美人"必须在短时间内完成抢收，一旦受冻，损失严重。了解到这一情况，三门核电驻村工作干部立即向公司汇报求助，并一边组织公司青年志愿者帮助农户抢收，一边通过公司工会和食堂寻找"红美人"销售出路。三门核电团委组织多名志愿者，帮助村民一起采摘、包装、发运。最终，35 亩"红美人"在 3 天内全部抢收完毕，新鲜采摘的 120 箱"红美人"刚运到三门核电食堂就被抢购一空，广大员工还通过微信、微博等途径，向亲朋好友推广三核村的"红美人"。上市第一天，线上订单就接近 100 箱，后续又

推销"红美人"柑橘

有许多订单源源不断地从全国各地而来。2021年12月,三核村共销售1万斤"红美人",大大缓解了果品滞销之急,减少了村集体经济和种植户的经济损失。

## 甲鱼宝宝有救了

2022年1月,农历虎年春节大年初二早上,三门核电驻村干部接到三核村村民王孝偿的求助:村里甲鱼苗孵化培育温棚断电了。甲鱼苗孵化培育温棚的水池加热器、保温设备、供氧机等关键设备都不能正常使用,恰逢寒潮来袭,刚孵化出来的甲鱼苗有被冻死冻伤的重大风险。养殖户自用设备的供电线路,转接自电网配电柜的电表下游,属于客户资产设备故障,春节期间一时无法维修。正当村民束手无措的时候,三门核电维修处电气科两名同事上门,为甲鱼养殖户排查电气故障,在2小时内恢复甲鱼苗孵化培育温棚供电,确保新生鱼苗平安过冬。电气科工作人员还向三核村甲鱼养殖户讲解了安全用电和电力设施保护知识,并传授挑选、使用、保养温控设备的经验,积极为甲鱼养殖提供电力技术支撑,后续还结合养殖户用电负荷、设备功率等参数量身定制合理化用电方案,帮助村民减少不必要的电费支出。

甲鱼宝宝有救了

### 乡村振兴，教育帮扶

教育是彻底改变家庭困局的最好途径。孩子是明天的太阳，是家庭的希望，是祖国的未来。针对三核村13名家庭困难学生，三门核电实施"青春领航"计划，组织别开生面的教育结对活动，让三核村学生走进三门核电，感受大家庭的温暖。三门核电团委组织青年志愿者定期上门为学生们开展学业辅导共计100余人次，帮助学生们树立正确价值观、人生观，养

三核村留守儿童参观三门核电公众科普展厅活动，弘扬核工业精神

成立人才助富团，设立三核村"核电春苗奖学助学"基金

教育帮扶工作

成良好的学习习惯,制定成绩提升计划等。三门核电成立每年 5 万元的"核电春苗奖学助学基金",奖励品学兼优学生、资助家庭困难学生。截至 2023 年底,共奖励 43 名品学兼优学生(含 6 名大学新生),资助 8 名家庭困难学生。

就读于六敖小学的吴同学,父亲常年生病,全靠母亲在三门县城打零工维持家庭开支。2022 年 3 月,吴母打工的企业因经营不善倒闭,全家失去经济来源。结对辅导吴同学的三门核电经营计划处员工了解到这个情况后,联系公司寻求帮助。经协调三门核电承包商单位,为吴母找到了工作,在"家门口"上班的同时,还能照顾好家庭。三门核电驻村工作小组还给吴同学送去 2000 元助学金,鼓励她好好学习,将来通过教育改变家庭境遇。

## 帮助因病受困农户

王孝省是三核村村民,家里有父母、妻子及两个儿子,日子原本过得平和。一场悄悄降临的厄运,却改变了这个家庭的生活。先是王父被确诊肺癌晚期,不到半年便撒手人寰。送走父亲后,王孝省又被确诊为后脑血管堵塞,在三门县人民医院做手术,回家休养一个月后,突然无故跌倒,再次复查为后脑血管二次堵塞,情况危急。

得知此事后,三门核电驻村干部主动帮王孝省联系浙江大学医学院附属第一医院脑血管科主任医生,并陪同王孝省前往浙江大学医学院附属第一医院接受手术。

2023 年正月,春节刚过,王孝省又开始为生计发愁,母亲年迈多病,妻子患病,不能从事重体力劳动,只能靠编串彩灯等手工活贴补家用,两个儿子在上学,自己还得吃药花钱。王孝省着急要外出打工赚钱。了解到他原来在宁波某餐饮公司负责食材配送,中核凯利(深圳)餐饮管理公司三门分公司决定,让王孝省和村里其他农户统筹为三门核电食堂配送农产

帮扶困难户

品的部分业务,并协助其在食堂二楼超市开设结对帮扶农产品销售专柜,让王家有了稳定收入,逐步走出了生活困境。

### 乡村产品"入驻"核电食堂

连续两年,三门核电牵头核电周边的三核村、双港村、珠港村以及中核凯利(深圳)餐饮管理公司三门分公司,联合举办"乡村振兴·核电专场年货节"活动。产自三核村的竹林鸡、荷塘鸭、乌骨鸡、鸽子、生态甲鱼、生态藕粉、"红美人"柑橘,双港村的黄金柚、海鲜大礼包,尖坑山的有机脐橙、椪柑等,在春节前相继"入驻"核电食堂。

活动得到了三门核电员工和家属的大力支持,采取"核电搭台、乡村唱戏、多渠道互动"模式,三门核电还紧急开发"年货节线上预订"小程序,节省了付款排队等候时间,又邀请外籍职工萨拉、布莱恩夫妇免费为特色农产品直播带货,反响热烈。"乡村振兴·核电专场年货节"拓宽了农产品的销售渠道,提升了农产品的知名度和美誉度,2021、2022年共实现销售收入逾30万元,通过消费帮扶助力周边3个共富联盟村实现乡村振兴。

组织"核我一家"情满金秋助农展销活动,在三门核电厂区集中销售三核村土特产

三门核电食堂集中采购三核村农产品。图为村民剥莲子

# 融合共赢,企地共建"零碳示范村"

## ——三核村村总支书眼里的核电帮扶

三核村位于三门核电南区进厂隧道入口,共有 544 户 1506 人,其中党员 68 名,低收入困难户 24 户。三核村于 2018 年由大冲村、里岙村、前墩村 3 个自然村合并而成,因与三门核电相邻,故名三核村。全村集体

零碳村规划效果图

经济基本来自土地流转承包，里峤村、前墩村2个自然村年收入不足15万元，是浙江省集体经济薄弱村。自从三门核电结对三核村，村容村貌发生了很大的变化。

回首三核村创建浙江省第二批零碳示范村以来，取得的成绩离不开三门核电和三门县政府的大力支持。我作为三核村党总支书记、村委会主任，代表全体村民感谢三门核电各位同志在乡村振兴和结对帮扶工作中的辛勤付出。

三核村创建浙江省第二批零碳示范村的历程要从2022年说起。当年6月，三门发改局组织县级各部门讨论《三门县碳达峰碳中和实施方案征求意见稿》。三核村邻近台州市最大的低碳能源基地——三门核电，全村河道水库面积400多亩、山林2000多亩、荷花塘400多亩，光照条件优越，如果开发各应用场景的光伏项目，将在实现乡村碳中和方面发挥优势。三门核电驻村干部建议把三核村纳入2022年三门县申报浙江第二批零碳示范乡村创建单位的重点推荐名录，该提议得到参会专家和领导的一致认可。

7月，驻村干部和我一起到获评"浙江省首批零碳村创建单位"的三门县珠岙镇山岙村交流学习。该村由华能浙江分公司结对帮扶，打算利用400亩山地茶园打造茶光互补项目，这启发了我们开发三核村860多亩水域光伏项目的构想。经与三门县自然资源和规划局、水利局、发改局等各部门沟通协调，最终确认三核村200亩甲鱼荷花套养塘满足渔光互补项目建设条件。

8月，三门核电牵头三核村与中核汇能浙江公司对接渔光互补项目合作意向。经过现场踏勘，中核汇能浙江公司专业技术人员认为三核村具备建设18兆瓦柔性支架光伏项目的条件。同时，我们积极对接台州市生态环境局三门分局和三门县发改局，在业务部门指导下填报递交三核村《2022年浙江零碳乡村试点创建申请表》。

9月，驻村干部和我一起赴浙江省发改委、生态环境厅对接省级零碳示范村创建工作，三核村的优越条件和零碳发展思路得到专家、领导们的一致认可。同月，三核村200亩荷塘用地性质从一般农用地调整为"1104A养殖坑塘"，进一步为开发渔光互补项目打下坚实基础。

10月17日,三核村获批浙江省第二批零碳村创建单位。同月,我们配合中核汇能浙江公司完成编制200亩荷塘18兆瓦渔光互补项目建议书,通过三门县发改局和健跳镇政府审核,列入三门县2023年"三提三争"重点建设村级项目。

2023年2月9日,三门县人民政府与三门核电签订《党建联建共富先行·企地共建"零碳示范村"协议》,人民网、新华网、中国新闻网等中央媒体,以及浙江省、台州市、三门县各级媒体纷纷聚焦报道。2月14日,渔光互补项目完成三门县发改局备案工作。

3月,三核村启动零碳示范村规划方案编制单位比选工作,确定同济大学乡村振兴团队为规划方案委托方。同时启动建设零碳示范村的政策处理工作:拆除危旧房屋面积3000多平方米,召开村民代表大会,讨论并一致同意建设18兆瓦渔光互补项目,协调200亩荷塘承包商出具同意建

渔光互补绿色发展

设渔光互补项目的承诺书,等等。又邀请浙江大学黄土地暑期社会实践团的师生举办"乡村振兴和零碳农业"讲座,给村民普及碳达峰、碳中和知识,指导零碳示范村建设要领。

4月,三门核电组织中核汇能浙江公司、国网三门县供电局、健跳镇政府讨论18兆瓦渔光互补项目的电力系统接入方案,并取得电网公司的初步意见。

7月,渔光互补项目完成EPC总包招标工作。

8月,渔光互补项目正式开工建设。

接下来,三核村将在三门县委、县政府的领导下,在三门核电的帮助下,结合"核我一家"共富品牌和浙江省第二批零碳示范村契机,搭建"央企+镇党委+村党支部"党建联建新渠道,以绿色零碳、生态文明为切口,实施"阵地共建、活动共办",打造"百姓身边可见、群众真实可感"的共富新场景。具体从三方面开展工作,力争将三核村打造成"零碳共富"示范样板,实现"绿水青山"向"零碳富地"的升级转型。

**零碳产业"创富"**

光伏入村。中核汇能投资8300万元建设18兆瓦渔光互补项目,每年为村集体增加约30万元收入;启动整村屋顶光伏建设,惠及农户200户以上;设立光伏"太阳花"展示平台,打造零碳村热门地标。

商贸进村。成立三核村经济发展公司,为核电工程、中核汇能三门光伏项目等提供建设安装、生产生活配套服务,力争增加村集体收入50万元以上。整合全村闲置民房,打包出租给核电承包商,截至2022年底,租出120多套民房,增加村民收入300万元以上。

农场兴村。建设35亩零碳智慧果蔬大棚基地、4亩核电共享农场,注册三核村特色农产品商标,在三门核电开设三核村农产品展销专柜,农产品直供三门核电2个食堂和海逸酒店,截至2022年底,销售额超过130万元,力争到2025年突破500万元,每年增加村集体收入50万元。

### 零碳环境"享富"

打造"一绿一塘一园一场"。一绿,投资260万元建设里峙水库2千米环湖观光旅游健步绿道;一塘,引入外部资本,招商台州秋满园农产品公司投资400万元建设200亩生态荷花塘种植基地和生态莲子深加工"共富工坊";一园,申请到157万元财政资金改造升级86亩大冲港沁荷园生态荷花公园;一场,计划投资60万元打造首期100家农户的房前屋后"一米农场"。

后续还将在村内林地推广种植毛竹、松木等,加上荷花塘和农业智慧大棚的吸附固碳量,完成抵扣全村碳排放量,真正实现碳中和,让村民共享风景优美的零碳生活环境。

### 零碳生活"润富"

成立两个基金。三门核电每年提供10万元注入村爱心专项基金,5万

三核村农产品

三核村百亩荷塘

元设立春苗奖助学基金，强化困难群众兜底保障，资助本村学子完成学业。2022年，我们村学生1人考入浙江大学，1人考入西安电子科技大学，3人考入浙江省内知名二本院校；2023年，共资助8名家庭困难学生，奖励43名成绩优秀学生。

实现"两个免费"。三门核电为24户低收入农户免费安装屋顶光伏，按发电量3000度计算，每年1300元固定收益归其所有，改善困难农户生活质量；免费改造村里道路的光伏路灯，建设电动汽车公共充电站，鼓励村民零碳出行。

建设"一廊一场"。三门核电资助村里建设核电科普长廊和清廉村居文化广场。

零碳示范村预期成效：一是经济效益，力争到2024年，村集体经济收入增长至 100 万元以上，增加村内就业 100 人以上，村人均收入超过 3.6 万元，低收入困难家庭户均收入超过 2 万元。二是社会效益，通过 18 兆瓦生态甲鱼塘渔光互补项目先行先试，形成在三门全县可复制可推广的创新模式，为三门县 21 万亩渔业养殖塘探索一条生态农业与绿色能源融合发展的新路径，推动中核汇能浙江公司在三门县参与更多渔光互补项目投资建设。三是生态效益，依托零碳示范村建设，打造"诗画大冲、山水里峤、宜居前墩、共富三核"的美丽乡村新画卷。通过党建引领共富窗口建设，打造"绿水青山就是金山银山"转化实践样板，为三门县建设高质量发展共同富裕先行县贡献力量。

未来，三门核电和三核村将进一步聚焦乡村振兴及共同富裕主题主线，在支部共建、清廉村居、产业培育、绿色帮扶等方面全方位开展"核我一家"共建工作，并结合三核村的产业特点及发展实际，以党建联建为抓手，共同打造"零碳示范、生态休闲、乡风文明、产业兴旺、环境宜居"的高质量融合发展现代化美丽乡村。

三核村美丽村景

# 从"旱天岭"到"撼天岭"

——旱天岭村村民眼中的核电帮扶


旱天岭村是同心县"十一五"生态移民村,是宁夏回族自治区确定的深度贫困村和挂牌督战村。

2011年,3000多名群众从预旺、河西等乡镇搬迁到旱天岭时,有一半以上是贫困户。"搬迁下来后,全村主要靠2万亩土地生活,种小麦、玉米、马铃薯等作物,有的人家也养一些羊。但是这样的收入远远不够生

俯瞰旱天岭村

旱天岭村新貌

活,很多人选择外出打工。"直到2016年开始大力发展养牛产业,旱天岭村才逐渐走上脱贫致富的道路。

2021年12月3日,中核集团与同心县签署《共建旱天岭高质量发展乡村振兴示范村备忘录》。按照约定,到2022年底,中核集团投资约2500万元,同心县政府拨付资金3000万元,实施水源联通、生活污水管网铺设、巷道改造提升、人居环境示范村建设、清洁能源供热、三期牛场扩建、生态牧草园(一期500亩)建设、经果林园建设、村史馆建设等10项工程,旱天岭村集体总资产达到7000万元,实现"草畜一体、生态绿色、清洁环保、乡风文明、产业兴旺、环境宜居"三产融合高质量发展的现代化美丽乡村目标,真正将"旱天岭"变为"撼天岭"。

7月的旱天岭村,绿树在微风中摇曳。中核集团产业振兴帮扶基地的日光温室里,葡萄架上缀满绿莹莹的葡萄幼果,西红柿挂满架,青的像苹果,红的像小灯笼,黄瓜、甜瓜、豆角等也生机盎然。

借助无人机的俯瞰视角,这个移民村色彩鲜艳,那是一个个产业和民生项目的颜色,是人力塑造的,极大地改变了移民开发前的自然色调。

先说村中央那道耀眼的深蓝色。那是光伏板反射太阳光的结果。那是"地热+PVT热电冷清洁三联供"零碳示范项目。为进一步推动乡村振兴朝着绿色低碳方向发展，2021年中核汇能公司在旱天岭村开展实施这一项目。

"遥控器按一下，暖风就吹出来了，比烧炉子暖和多了。"村民对这个"空调"很满意，家中煤炉除了做饭，其他时间都"歇着"。以往过冬，炉子里烧煤炭，炕底下烧羊粪，又脏又危险，夜里还要起来添煤。更难得的是，这个"空调"很省钱。据技术人员监测，这台设备每月电费在200元左右。这样一来，一个供暖季只需花费1000元左右，而往年光是买煤炭就要花2000元。

村东头那片青色是养殖园区三期项目。2021年，旱天岭村调整养殖策略，养殖园区二期由肉牛养殖转为基础母牛养殖，在中核集团的帮扶下建设占地面积150亩的养殖园区三期项目，2022年4月底投入使用。眼下，

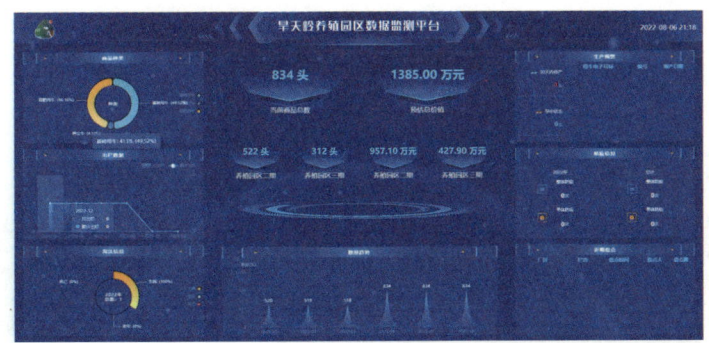

旱天岭养殖园区数据监测平台

旱天岭村千头肉牛养殖基地

二期、三期项目村集体肉牛存栏数 800 余头，全村肉牛存栏数 4000 余头，是 7 年前的 19 倍。

此外，还开发了中核汇能牧场管理系统。"机子一扫，我们就能知道有多少牛了。"村民不用去牛场，在手机上就能实时看到牛的情况。

村东头的一片深蓝色，是中核汇能宁夏公司投资 5800 万元建设的分布式复合光伏项目。中核汇能宁夏公司利用旱天岭村闲置园地、草地，建设 2 个 5.99 兆瓦分布式复合光伏项目，2023 年 7 月并网发电。约定村集体以土地出资，项目运营期每年向村集体分红，全部用于村民清洁能源供暖项目建设。

村北头的一片绿色，是 500 亩苜蓿、200 亩吊干杏、100 亩葡萄以及 2000 亩文冠果。苜蓿是饲养肉牛的高蛋白草料，杏和葡萄种植可发展生态采摘，都由村集体成立的公司运营。

旱天岭村生态牧草园

旱天岭村葡萄采摘园

村里村外翻天覆地的变化，令人感慨，搬迁前的生活"灰头土脸"，住的是土房院，风沙大，想干净也难。2012年刚搬迁时，村民人均可支配收入只有2000元，而现在达到12533元。

立下愚公移山志，敢教日月换新天。在党中央的坚强领导下，在自治区、市、县党委和政府的关心关怀下，得益于党的易地搬迁惠民政策，受益于中核集团、自治区人大、闽宁协作等单位和机构的帮扶，在"苦瘠甲天下"的西海固地区，旱天岭村的百姓怀揣梦想，搬离贫瘠艰苦的环境，在村"两委"的带领下，发扬"三牛"精神，不畏艰难、埋头苦干，辛勤耕耘、修渠造路、改善生态、发展教育、培育产业，实现"两不愁三保障"，生活发生翻天覆地的变化。

旱天岭村与全国人民一起跨入全面建成小康社会，彻底甩掉穷帽子，拔掉穷根子。吃水不忘挖井人，脱贫不忘共产党。脱贫摘帽不是终点，而是新生活、新奋斗的起点。进入新时代，旱天岭村"两委"团结带领全村百姓，坚持巩固拓展脱贫攻坚成果同乡村振兴有效衔接，在新的赶考路上砥砺前行、接续奋斗，立志建设三产高质量融合发展的现代化美丽乡村和乡村振兴示范村，创造更加美好、更加幸福的"撼天岭"。

# 党建引领开新局,倾力帮扶结硕果

## ——孙柏屯村党支部眼中的核电帮扶

辽宁省锦州市孙柏屯村是由3个自然屯合并而成的人口大村,常住人口约2100人。全村拥有耕地6000余亩,以种植玉米和花生为主,村民收入来源于务工和种地。

过去,孙柏屯村由于干群关系不和谐等问题,被上级党组织定为"党组织软弱涣散村",又因各项工作推进落实不力而成为让镇政府头疼的问题村。作为村党支部委员,我们看在眼里,急在心里,但始终没找到有效的解决办法。

在新一轮乡村振兴驻村帮扶工作中,辽宁核电派驻的第一书记围绕巩固拓展脱贫攻坚成果同乡村振兴有效衔接,致力于以组织振兴带动产业振兴、生态振兴、文化振兴,以过硬的素质和能力努力塑造孙柏屯村的新形象。经过坚持不懈的努力,孙柏屯村焕发了新生。

### 从"软弱涣散"到"五星堡垒"

孙柏屯村共有党员68名。以往,大部分年轻党员在外务工,在村留守的党员为了生计奔波劳碌,开党会时难以组织到位。支委班子对党建工作制度和要求掌握得不够全面、认识得不够深刻,党建工作多是生硬地落实上级党组织下达的指示要求，形式大于内容的情况较为普遍。这也是党员不愿意参加组织生活的一个重要原因。

自从辽宁核电选派的驻村第一书记白杨来到孙柏屯村，村支部的党建工作逐渐开展起来，有声有色，成了全镇22个行政村的标杆。白杨书记在驻村之初就查阅以往的党建工作记录，与支委和党员深入沟通寻找"病根"，开出"做规范、接地气、有特色、见成效"的"药方"。他对照县委组织部关于"星级堡垒"的评定标准，牵头梳理制定包含18项制度的党建工作执行手册，明确任务分工和要求，帮助支委厘清工作职责，规范支部党建工作。每次党会，他都牵头准备材料，选择与农村基层息息相关的学习内容，并延伸到乡村振兴和农村基层党员的使命上，让党员们感兴趣、愿意学，激发干事创业的精气神，凝心聚力推进乡村振兴。他采用多种方式开展组织生活，安排丰富多彩的各项活动，如定期开展"升国旗 聚合力 促振兴"、与先进党组织交流、"七一"参观红色教育基地等活动，通过一系列特色活动，无形之中提升支部凝聚力。他将党建工作与村内重点工作深度融合，创建乡村振兴、"三变改革"、人居环境整治、疫情防控等多个共产党员先锋工程，以细致的工作方案指导党员和群众携手并进，共

参观塔山阻击战纪念馆

同绘就美丽乡村画卷。

不到两年时间，孙柏屯村不仅摘掉"党组织软弱涣散"的帽子，还被县委组织部评为"五星堡垒"党支部。这离不开辽宁核电的帮扶和驻村第一书记的努力。

### 从"百废待兴"到生态宜居

孙柏屯村地域辽阔，村内主要道路总长近20千米，230国道穿村而过，过去，因夜晚道路漆黑常常发生交通事故。孙柏屯村没有集体经济收入，上级惠民政策申请难度较大，这个问题一直未能解决。白杨书记来了之后，同村干部一起走街串巷，广泛收集群众意见，研究对策、争取资金，并协调辽宁核电捐赠专项资金15万元，用于购买和安装46盏太阳能路灯、平整拉秋道5千米、修建8座垃圾投放池、改造1个公共厕所，又协调镇政府给予3千米的道路硬化指标，解决了百姓关切的问题。

道路硬化前后对比

在人居环境整治工作中，驻村第一书记不仅帮助制定细致的工作方案，积极宣传，并且带动党员和群众广泛参与。如今，孙柏屯村各条街道整洁有序、花草树木错落有致，处处展现出欣欣向荣的景象。2023年，辽宁核电又捐赠15万元，用于修建核协文化广场，满足百姓的精神生活需求。

第三章　核力共进，美丽乡村

人居环境整治前后对比

## 从干群疏离到干群一心

过去，孙柏屯村村干部工作不到位，导致群众对新一届村"两委"信任度较低，换届之初，很多工作难以推进。驻村第一书记来了之后，与村"两委"进行多次交流，让村干部发现了问题的根源，并找到了解决的办法。村干部深刻理解到"全心全意为人民服务"的意涵，以"为群众办实事"为抓手，建立工作清单，走进村民家中唠家常、解民忧，想方设法为群众办好事。辽宁核电领导也非常关心困难群众的生活，逢年过节捐赠慰问金和生活必需品，合计金额逾2万元，拉近了村"两委"与群众的距离。

2022年，驻村第一书记和村干部为群众办了24件实事，包括协调驻本村企业捐资助学，协调义县人民医院免费体检、眼科义诊等。孙柏屯村成功申请到义县专项扶贫项目，为23户建档立卡残疾人家庭每户送去3只羊羔。驻村第一书记还给一名高位截瘫残疾村民申请到价值3万余元的

219

驻村第一书记为困难群众购买米面油

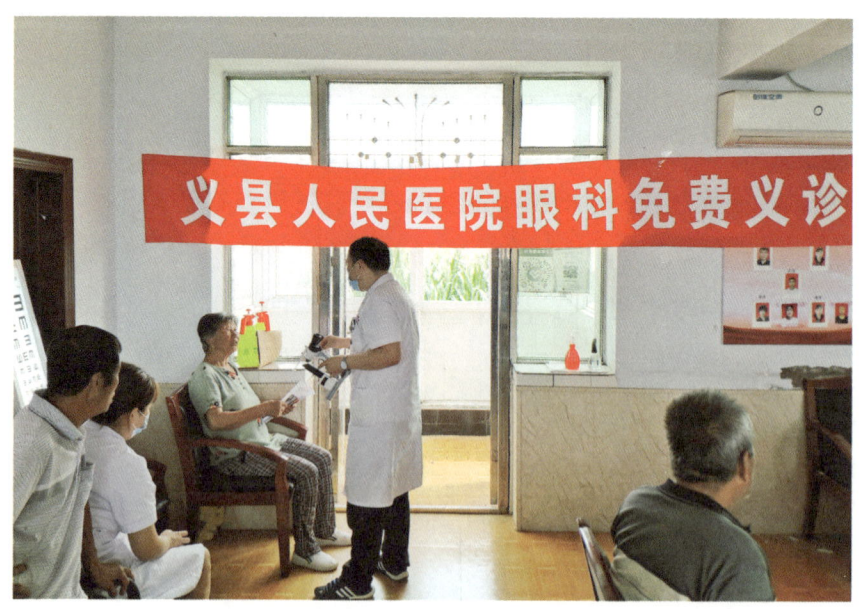

义县人民医院眼科免费义诊

行走器，实现其站立行走的梦想。

随着帮扶工作的开展，村"两委"的公信力越来越强，村干部更深刻地理解了"民心就是最大的政治"的含义。

### 从慵懒散漫到踔厉奋发

慵懒散漫是孙柏屯村村干部过去的工作状态，是辽宁核电派来的驻村第一书记以他的实际行动改变了村干部的思想。为了兼顾刚生产的妻子和婴儿，白杨书记每天往返4个小时坚持到岗。他凭着强烈的责任感使命感、兢兢业业的务实精神和开拓进取的韧劲，将很多看似不可能的事变成了可能。如他调动所有资源，多次与县领导沟通，最终让县政府同意将孙柏屯村闲置小学的使用权归村所有。

驻村第一书记带领村干部想方设法推进村集体经济产业项目，尝试与村种植大户合作开展农村合作社、引进社会资本成立合作社、与其他村合作以认购方式养土猪、推动村内有劳动能力的脱贫户发展笨鸡蛋产业等，为后续的产业发展奠定了基础、拓宽了思路、积累了经验。

为激发村干部的精气神，驻村第一书记组织村"两委"班子走进葫芦岛市先进模范村学习乡村振兴的好经验、好做法，走入辽宁核电深刻感悟"两弹一星"精神，村"两委"班子备受鼓舞，凝聚力和战斗力得到显著提升，摆正位置，为孙柏屯村振兴发展主动作为。

在驻村第一书记的努力下，村各项工作都有了质的提升，多项工作都成为全镇标杆。他不仅改变了孙柏屯村的整体形象，更为全村注入了追求卓越的精神，这是孙柏屯村早日实现振兴发展的强劲动力。

到辽宁核电学习"两弹一星"精神

孙柏屯村向驻村第一书记白杨赠送锦旗

# 从"负"村到富村

## ——霞浦核电记者李竑翊眼中的核电帮扶

金秋时节,行走在霞浦县长春镇长溪村中,户户院落窗明几净,排排房屋错落有致,修建一新的凉亭里,三两老人聊天。一幕美好的乡村景象展现在眼前,讲述着当地群众的幸福生活。然而,就在几年前,长溪村还是一个挂着"贫困"帽子、只有数百人长期居住在村里的落后村。

地处东冲半岛腹地的长溪村是一个历史悠久、气候宜人的村庄,这里冬无严寒,夏无酷暑,潺潺的长溪河穿村而过,斑驳的明代古城墙矗立至今。自然条件优越的长溪村,过去却因地理位置"靠山不能吃山,靠海不能吃海"。

霞浦核电的到来,改变了这一切。依托示范快堆基地的优势资源,霞浦核电以党建促脱贫,带动村集体经济增收及产业发展,完善基础设施建设,村容村貌焕然一新,村财收入从负数增长到数十万元,由"负"村转变为富村。我和霞浦核电派驻长溪村的第一书记蔡峰共同见证了这一历史性的改变。从2017年12月14日蔡峰第一次走进长溪村,与他的任期重合的跟踪采访便展开了。3年多的时间,他走过的每一步、村里的每件大事,都留在了我的镜头和记忆里。

蔡峰出生在农村,从驻长溪村第一天起,他便把自己与长溪村紧紧联系在一起。

第一天走进长溪村的蔡峰与村民交流

2017年12月15日凌晨2时30分,刚刚走马上任的蔡书记辗转难眠,感觉心里有一股强烈而炽热的情绪。"务求实事求是,切忌好高骛远,华而不实。"翻身而起,他在驻村日记第一页写下了这句话。

### "有事就找蔡书记"

刚上任,村委办公室里便见不着蔡书记人影。半个月后,他带着一身风尘抱着一册厚厚的调查资料出现了。这半个月,他把长溪村所辖的7个自然村走了个遍,村民都不知道,这讲普通话的年轻人就是他们的驻村第一书记。

王成本、雷玉华、陈雪平、钟德文……一连串名字留在蔡峰脑中。"这些人里,王成本最特殊,他是村里唯一2016年脱贫、2017年返贫的村民,生活的不顺遂让他抵触任何人的靠近。"蔡峰从各个方面详细了解了王成本返贫的根本原因。

2018年4月，蔡峰化身代言人，向"娘家人"求助："村里的未脱贫对象，种的白菜滞销，行情不好，都要烂在地里了，能帮一点是一点吧。"几斤，几十斤，几百斤，上千斤，中国核工业华兴建设有限公司（简称"华兴公司"）更是豪气地下了5.9吨的"大单"。那一年，王成本重回脱贫队伍。

2019年上半年，是雷敬玉一家的黑色时光。老父亲因病去世，雷敬玉再次病发，年迈的母亲哀恸而无助。公司微信群里出现蔡峰发起的众筹消息："雷敬玉发病的时候比较严重，他妈妈实在照顾不了，可他的低保不足以支付医疗和住院费用，希望集大家之力，帮帮这家人。"一时间，霞浦核电和各参建单位员工纷纷解囊，资金一天天见涨，但蔡峰的眉头却依然没松开。

"我们不能只帮一时，这次的众筹资金最少要保证雷敬玉五年的住院和治疗费用。"于是，蔡峰把众筹信息发到了自己的家族群，资金最后的缺口在家人的合力下补齐了。

入院那天，穿着整齐的雷敬玉有家人和蔡峰的陪伴，心情很平静。蔡峰说："其实这件事不算什么，但雷敬玉的妈妈隔几天就会打电话来一通感谢，我很惭愧。"施恩不求报，这就是一位普通驻村第一书记的情怀。

## 扶贫扶智双发力

"你有时间找陈雪平聊聊吧，她最近都快抓狂了。"我刚上班，便被霞浦核电办公室主任吴义中和蔡峰"抓"到了办公室。

陈雪平是霞浦核电办公室对口帮扶的家庭，夫妻俩靠打零工供养两位老人和两个孩子，一家六口挤在一栋低矮阴暗的小房子里。经过多方考量，因陈雪平条件适合，霞浦核电办公室在安排现场办公大棚工作人员的时候，让陈雪平走进了核电工程现场。

"雪平的大女儿职高毕业,非要到一家民办的大专院校继续念书。"蔡峰通过各种关系了解到这所学校学费高昂,而且学历含金量不高,对于一个贫困家庭来说,这个选择并不明智。但陈雪平的女儿铁了心一定要去,和母亲闹得不可开交。

"想继续学习是好事,但是不是可以考虑更合适的学习方式?""这个专业,你觉得适不适合你?""你现在长大了,要注意沟通方式,照顾家里和妈妈的感受。"吴义中和蔡峰轮番与女孩交流,女孩却始终摇摆不定。

国庆假期前,蔡峰兴奋地发来一条信息:"小丫头决定不去了!"吴义中一行人看着精心准备好的行李箱等物品,面面相觑后又轻松地笑了。

不久后,长溪村村委会开辟的社会保障办公室里多了一个女孩。"村里向县里申请了一个劳动保障协理员的岗位,雪平女儿职高毕业,完全可以胜任,现在还帮她联系了函授大专学习,边工作边学习,不光减轻家庭

蔡峰在长溪村核科普展室为同学们讲解

负担，还能自食其力。"

"继续学习是正确的路，但凡事都要具体问题具体解决。现在她在工作中可以学到技能，还能利用工作之余自学准备继续深造，是最合适的状态。"关于孩子的未来，蔡峰想得多、想得远。

### "输血""造血"齐步走

"自从霞浦核电到霞浦，为地方经济文化建设增添了极大动力，尤其是在扶贫工作上，给政策、派干部、送资金，真正展现了'共和国长子'的担当和责任。"霞浦县主管扶贫工作的副县长周文玲感慨良多，"驻村第一书记蔡峰的工作和业绩，在省第五批驻村干部中非常突出，不到三年，长溪村焕然一新，村财政收入从负数上升到数十万元，是名副其实的由'负'村变成富村的典型。"

2019年秋天，蔡峰带着村委一班人，悄然酝酿出炉了一件大事。"霞浦县众熙工程项目管理服务有限公司""霞浦县沃园农业专业合作社"两块牌子出现在长溪村村委院内，随即，霞浦县众熙工程项目管理服务有限公司与华兴公司签订合作框架协议，中核工程咨询有限公司也与长溪村签署了组织阵地建设项目支持协议，一笔35万元的捐助款被汇入长溪村党建专用账户。

"第一书记的任职时间虽然只有三年，但脱贫攻坚不能有期限，脱贫不是终点，带领村民共同富裕奔小康是驻村第一书记要始终记在心里的事。"此举，不仅将中央精准扶贫政策中的"经济扶贫"和"精神扶贫"一起落到了实处，更让长溪村"输血""造血"共同发力，在奔小康的路上走得越来越宽广。

2020年3月15日，众熙超市向示范快堆工程施工营地全体员工敞开大门，给受疫情影响的快堆建设者们送去了一份贴心且暖心的"感恩礼"。

"长溪村的今天靠的是项目各单位齐心协力的大力帮扶，靠的是所有

2020年3月15日众熙超市开业

人的关心和关爱,我们不能只索取不回报。"这份"感恩礼",是长溪村"吃水不忘挖井人"的回馈,更是示范快堆工程建设者万众一心、共克时艰的鲜活体现。

"后续,我们还会针对快堆建设者的需求,开设洗衣房等,让大家在劳累一天之后享受周到的服务。这不仅为众熙公司的产业发展拓宽了道路,也可以让我们更加紧密地为核电建设服务。"蔡峰的规划是:长溪村伴随着核电这个蓬勃的朝阳产业,步步前行。

### 走向美丽乡村

2018年秋天,长溪村村委会改选,任职20多年的村支书曾朝和放心地将接力棒交到新书记王招隆手里。从村支书岗位上退下来后,曾朝和还一心记挂村里的事,毒辣的太阳下,他带着一班人监督罗汉坪自然村旧村复垦项目进度。

"罗汉坪的道路和居住问题在每次村民代表大会上都被提出，后来在造福搬迁扶贫政策支持下，大部分村民搬出来了，但还有20多户村民，他们的地就在山上，没办法搬出来。"两年多的时间，罗汉坪成了蔡峰的心病。2018年超强台风"玛莉亚"登陆霞浦前，蔡峰带着村委一班人半夜就开始在村里四处巡视，生怕出现意外。

跑政府部门，要政策、要资金，奔波将近一年，苍天终未负蔡书记。2020年6月7日，一条长1.772千米、宽4.5米的入村水泥道路开始修建，路的尽头，村里规划出一片地，为不具备搬迁条件的村民集中修建安置用房。

"当第一书记不仅要有能力，更重要的是要有公心，要敢服务、会服务、能服务。"霞浦县扶贫办主任叶其伟感慨，"我们多希望能够多一些'永不离去的第一书记'。"

两年多过去，因为蔡峰这根有效有力的"纽带"，长溪村与霞浦核电

极具特色的长溪村村口

及示范快堆工程各单位血脉相依,亲如一家,在强大助力的加盟下,长溪村村民劲头十足地向前冲,修坝建房、绿化美化,村财政收入从之前的负数增长到2020年的40万元。现在的长溪村,村民笑容可掬,神色安详,村里有什么事,大家都自觉主动前来,获得感和幸福感快速增长。

"长溪村比过去更有温度了。"耳边响起周文玲副县长的话,深深吸一口空气,鼻间充满和谐的"味道",眼前似乎有一幅美丽乡村的画卷正徐徐展开。

长溪村党群活动服务中心